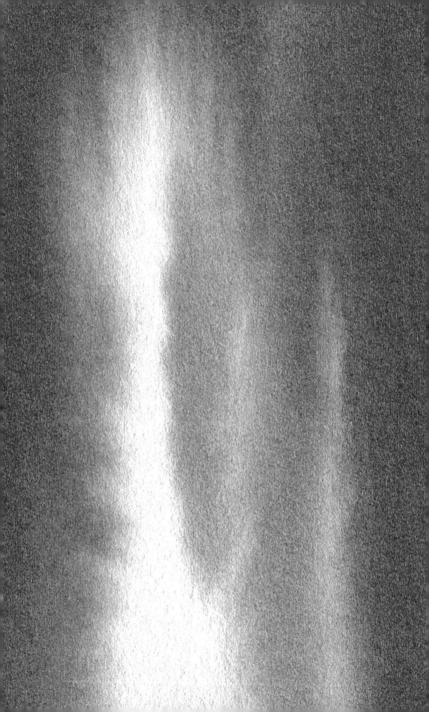

Brilliant Blue

브릴리언트 블루

브릴리언트 블루

함지성 장편소설

잔

붙들고 있는 것이 아플까, 놓아 버리는 것이 아플까.
떠나는 것이 힘들까, 머무는 것이 힘들까.
밤바람에 나무가 흔들리면
파도가 부서지는 소리가 났다.

이 방 안 모든 것이 그 자리 그대로이지만,
결코 돌아오지 않는 것들이 있다.
사랑하는 마음이나 눈빛 같은 것.
순간의 열정이나 다칠 줄 알면서도
진심에 닿기 위해 도전하는 용기 같은 것.

차례

0

Chère Suki, d'Aix-en-Provence, avec tout mon amour(수키에게,
엑상프로방스에서, 사랑을 담아).

　휘갈겨 쓴 필기체, 도톰한 엽서에 쓰인 나의 이름. 프랑스
남부에서 친구들이 보내온 조그마한 사랑의 조각.

　그 사각거리는 종이는 잠시 옆에 두고 이번에는 상자에 손
을 올린다. 정갈한 리본으로 매듭 지어진, 엷은 노란색의 선
물 상자. 가슴이 두근거린다.

　열린 창문을 통해 바람이 밀려 들어오며 흙냄새를 풍긴다.
조용히, 가늘게 내리는 봄비와 함께, 주변에 어지럽게 놓인
뽀얀 속지들이 바스락거리는 소리를 낸다.

　그대로 상자를 열자 우아한 일랑일랑의 향기가 진하게 퍼
진다. 나는 입을 다물고 고개를 살짝 들어 깊은 숨을 들이쉬
며 눈앞이 포근해지는 기분을 느낀다. 시간은 이제 막 자정을
넘긴 12시 18분. 나는 여전히 거실 바닥에 앉아 있다. 한쪽으
로 두 다리를 접은 채, 목이 길게 올라오는 양말을 신고.

풍성한 속지들 위로 고이 접힌 빨간색 드레스 하나가 보인다. 조심스럽게 상자 밖으로 꺼내자 차가운 실크 소재의 기다란 슬립 원피스가 손가락을 타고 매끄럽게 흘러내린다. 다시 고개를 숙여, 이번에는 함께 들어 있던 카드를 열어 본다. 직접 손으로 쓴 청첩장. 몇 년 전 더운 나라에서 사귄 친구들이자, 내가 이 세상에서 가장 좋아하는 커플인 모나와 필립이 드디어 결혼을 한다. 사진 속 두 사람 모두 하얗고 건강한 치아를 보이며 유쾌하게 웃고 있다. 카드 한쪽에 그려 넣은 시원시원하고 커다란 하트까지, 딱 그들다운 청첩장이다. 입가에 미소가 번진다.

나는 남프랑스 특유의 물 빠진 석회벽 같은 색의 선물 상자를 한쪽에 밀어둔 다음 국제 소포를 감싸고 있던 두꺼운 포장 비닐을 한데 모아 거실을 정리한다. 방으로 가서 모나에게 영상 통화를 걸어야지. 새벽이어도 아무런 상관 없다. 그들은 졸린 눈을 비비며 일어나, 늘 그렇듯 다정한 목소리로 내 이름을 불러줄 것이다.

청첩장과 슬립 원피스를 들고 자리에서 일어난다. 동시에 무언가 탁, 바닥으로 떨어지는 둔탁한 소리. 허리를 숙여 바닥에 떨어진 것을 집어 든 나는 숨을 참고 손으로 입을 가린다.

"수우키."

길지 않은 통화 연결음 끝에 예상대로 졸린 눈을 한 나의 친구들이 미소 띤 얼굴로 말한다. 짧은 통화를 마친 나는 곧바로 캐리어에 짐을 챙긴다. 빨간색의 매끄러운 실크 원피스와 청첩장, 그리고 그 아래 조그마한 흑백의 초음파 사진도 함께.

1

"나무가 이렇게 움직이는 건 참 보기가 좋아."

아기자기한 오픈 스트리트의 그리니치 빌리지. 우리는 가로수 옆, 빨간 철제 야외 테이블에 앉아 있다. 주문한 음식이 나오길 기다리는 동안, 머리 바로 위에서 흔들리는 나무를 쳐다보며 르네가 말한다.

"내내 비가 올 것처럼 꾸물대더니 오늘은 화창하네."

하얀 피부에 갈색 눈동자. 얼마 전에 장만한 교정기를 붉은 입술로 숨기고는, 말을 이으며 두꺼운 머그잔을 자기 앞으로 가져가 접시와 함께 달그락하는 소리를 낸다.

드라마 〈섹스 앤 더 시티(Sex And The City)〉의 캐리 브래드쇼가 살던 곳으로 유명한 동네 그리니치 빌리지. 협소한 공간을 로맨틱하게 활용한 재즈 바도 많고, 저녁이면 분위기 좋은 카페와 레스토랑 속 찻잔과 포크가 찰랑찰랑 부딪히는 소리가 가득한 동네라 개인적으론 브루클린의 붉은 벽돌 거리보다 더 애정이 가는 곳이기도 하다.

르네가 갑자기 생각이 난 듯 박수를 짝, 치더니 검은색 가죽 플랩 백에서 작은 유리병 하나를 꺼내 내게 건넸다. 새로 산 파운데이션. 이번에도 누군가의 추천으로 주문한 것이 피부 톤에 맞지 않는 모양이었다.

"나 이거 한 번밖에 안 쓴 거야, 정말이야."

눈을 크게 뜨고 속삭이듯, 입 모양으로 말한다.

르네는 투명하다 못해 속이 비칠 정도로 예쁜 피부를 가졌다. 거기에서부터 나와는 반대다. 예전부터 나는 그런 르네를 알게 모르게 부러워했는지도 모른다. 엄마는 내게 '적당히 건강미가 넘쳐 보이는' 피부를 가졌다며 위로를 해 주곤 하셨지만, 하얀 피부에 붉은 입술은 물론, 구불구불한 갈색 머리를 길게 늘어뜨린 나의 친동생은 언제나 싱그러운 사과 같다.

"생각은 좀 해 봤어?"

르네가 준 화장품의 매끈한 뒷면을 손으로 쓰다듬으며 내가 물었다. 콧수염을 정갈하게 기른 웨이터가 우리 쪽으로 다가와 주문한 크로크 마담과 에그 베이컨, 그리고 와플 샌드위치를 차례대로 테이블에 놓고는, 싱긋하는 눈인사와 함께 부드럽게 뒤로 돌아 유유히 사라진다.

나의 질문에 고개를 세차게 끄덕이며 크로크 마담을 자기 앞으로 가지고 오는 르네. 나는 움직이지 않고, 대답이 돌아오기를 기다린다.

"좋아, 같이 가자."

"야호!"

모나와 필립의 결혼과 임신 소식을 접한 바로 다음 날, 동이 트자마자 르네에게 전화를 걸어 함께 가지 않겠느냐고 물은 터였다. 이번에는 꼭 르네를 데려가고 싶었다. 음악의 도시이자 화가 폴 세잔의 도시. 광활한 하늘 아래, 보랏빛 라벤더를 활기차게 품고 있는 엑상프로방스로!

　"대신."

　르네가 통통한 입술을 삐죽 내밀며 덧붙였다.

　"오래 있을 생각은 없어. 나는 학교도 가야 하고, 에릭도 있으니까."

　에릭은 르네의 남자친구다.

　"잘 생각했어."

　와플 샌드위치를 나이프로 자르며, 내가 말을 이었다.

　"뉴욕에만 있은 지 오래됐잖아. 마침 환기가 필요한 때인지도 몰라, 우린."

　"새로운 남자가 필요한 거겠지."

　두꺼운 머그잔에 담긴 커피를 마시며 중얼거리는 르네.

　나는 포크와 나이프를 잠시 멈춘 채 고개를 들어 올린다. 아랑곳하지 않고 이어지는 질문.

　"어제는 또 누구랑 있었는데?"

　또 시작이다. 못된 계집애.

　나는 그 새침한 물음표를 무시하고, 앞에 있는 크로크 마담으로 나이프를 옮겨 한 입 크기로 자른다. 예쁘게 익은 계란 프라이와 향긋한 바질, 분홍색 베이컨과 파마산 치즈. 매끈한 버터가 손끝에 묻어 반질거린다.

다행히 르네 또한 질문에 대한 대답을 원한 것은 아니었다는 듯, 쉽게 포기하고 호흡을 바꾸며 다시금 그 조막만 한 입을 열었다.

"그런 의미에서, 나 오늘 언니네 집에서 잘래."

집어 간 와플 샌드위치를 우물거리면서 르네가 말했다.

"왜? 남자친구는 어쩌고?"

"부모님 댁에 하루 다녀 온대. 약속 있어?"

르네는 헬스 키친에서 남자친구 에릭과 함께 지내고 있다. 평화롭고 아기자기한 생활. 내게는 더도 말고 덜도 말고 모든 것이 좋아 보인다. 한 가지 특이한 점이 있다면, 둘이 만난 지 벌써 2년이 다 되어가지만 나는 아직까지 단 한 번도 르네의 남자친구와 제대로 된 대화 한 번 해 본 적이 없다는 것.

나는 접시에 시선을 고정한 채 눈썹만 들어 올려 대답한다.

"약속은 없지."

"근데 왜?"

바로 원하는 대답이 돌아오지 않자 왜 비싸게 구냐는 식으로 가까이 다가오는 르네. 네모난 목걸이가 테이블에 괸 손목에 닿을랑 말랑, 아슬하게 흔들린다.

내가 살고 있는 롱아일랜드 시티와 헬스 키친을 오가는 방법이 그리 까다로운 것도, 작은 강을 건너야 하기는 하지만 거리가 그렇게 먼 것도 아니다. 지하철로 세 정거장이면 된다. 갈아탈 필요도 없다. 다만 르네 본인이, 자신의 친언니와 남자친구가 함께 밥을 먹는 그 상황을 상상할 수가 없다나 뭐라나. 그뿐이다.

나는 눈을 가늘게 뜨고 말한다.

"잘 때 코 골지 마, 너."

"아, 나 이제 코 안 골아."

르네는 억울하다는 듯이 다시 의자 뒤로 등을 기댔다. 빨간 철제 테이블이 나뭇잎과 함께 흔들린다.

우리 가족이 애리조나에서 뉴욕으로 넘어온 것은 내가 열세 살, 르네가 열 살 때. 올해로 꼬박 10년이 되었다.

르네와 내가 지금은 모두가 부러워할 정도로 절친한 친구 같은 자매인 것은 맞지만, 처음부터 이렇게 사이가 좋았던 것은 아니었다. 엄마 말에 의하면 어렸을 적엔 우리가 정말이지 하루가 멀다 하고 싸우는 통에 남몰래 기도와 상담을 많이 받으러 다녔다고 했다. 더 자세히 말해달라고 하니, 그때는 르네보다 내가 조금 더 못되고 악랄했다고 했다. 엄마는 웃었다. 어떻게 기억을 못 할 수가 있냐는 표정을 지으며.

나는 낄낄대며 촉촉한 스크램블드 에그를 포크로 집어 입으로 가져간다. 노란색의, 말랑하고 부드러운 스크램블드 에그. 이번에는 르네가 남자친구의 집으로 들어가겠다고 처음 말했던 때를 떠올린다.

"그 사람 집에 들어가 살겠다고? 왜?"

우리는 샌프란시스코를 여행하는 중이었고, 이름 모를 공원에서 덴푸라 돈부리 세트를 먹고 있었다. 종종 햄버거를 굽는 맛있는 냄새가 시원한 바람을 타고 날아왔고, 나는 그 덕에 꽤나 행복했던 것으로 기억한다.

"왜냐니?"

르네가 되물었다. 나의 질문이 재미있다는 표정으로.

촉촉한 잔디 언덕에서는 아기들과 강아지가 데구루루 구르며 웃고 있었다. 돗자리도 없이 앉아 있던 사람들이 자리에서 일어나자, 엉덩이 부분만 동그랗게 젖어 있었다.

"우리 집에서 그 사람 집까지 그렇게 멀지도 않잖아. 굳이 그래야 하는 이유가 뭔데?"

나는 "날 버리고?"라는 말도 덧붙였다. "너희 그럼 어떻게 헤어지니?"라고 말하고 싶은 것은 속으로 삼켰다.

때마침 공원 중앙에 설치된 무대에서 난데없는 연극 공연이 시작되었다. 미국판 후쿠시마에 관련된 블랙 코미디였다. 르네는 심각한 얼굴을 한 내가 웃기다는 듯 가볍게 어깨를 들썩이더니, 새우튀김을 집어 입으로 가져갔다. 언니인 나보다도 젓가락질에 능숙했다.

르네는 여행에서 돌아온 그 주 주말부터 바로 남자친구 집에서 지내기 시작했다. 크게 달라지는 것은 없었다. 르네의 많은 짐은 여전히 내게 있었으며, 주에 한 번씩은 꼭 점심 식사를 함께 했다.

나는 더 이상 코를 골지 않노라, 자신하는 르네를 향해 눈썹을 한번 치켜올리고, 입 안에 남은 스크램블드 에그를 마저 삼키며 레스토랑 쪽으로 고개를 돌린다.

"금방 다녀올게."

자리에서 일어나, 살가운 웨이터에게 화장실의 위치를 물어 가게 안으로 발걸음을 옮긴다.

옹기종기 붙은 테이블 사이를 헤치며 안으로 들어갈수록 음악 소리는 등 뒤로 멀어지고 어디선가 풍성한 베르가모트 향이 풍겨 왔다. 두어 번 숨을 크게 들이마시고 내쉬며 걷는 동안 벽에 붙은 많은 액자들을 지나쳤고, 얼마 지나지 않아 두꺼운 나무를 통째로 옮겨 온 듯한 커다란 문에 다다랐다. 손가락 마디 어딘가에 묻은 끈적한 시럽이 손잡이에 닿지 않도록 손바닥의 옆면을 이용하여 힘차게 문을 밀자 곧바로 어둡고 침침한 불빛 아래 진주색의 통통하게 생긴 세면대가 나타났다. 그것은 파리에 있는 브런치 카페 부벳의 것과 똑같은 모습이었다.

손을 씻기 전에 다시 한번 숨을 깊게 들이마신 뒤 물을 튼다. 이번엔 거울에 비친 나의 모습. 콸콸 쏟아지는 물소리를 들으며, 동그란 거울을 바라본다. 어두운 갈색 눈동자와 같은 색의 눈썹, 얼마 전에 칠흑같이 어두운색으로 덮어 버린 가슴께까지 오는 층이 많이 진 생머리. 말하지 않으면 아무도 모르는 콧잔등 위의 주근깨와 짧은 인중, 그리고 옅게 칠한 입술.

어제 저녁을 함께 보낸 남자가 한 말을 다시 떠올린다.

"당신은 마음을 쉽게 여는 편이 아니야."

적막이 감도는 일식 레스토랑의 룸 한편. 그렇게 운을 뗀 그 사람은 만족스러운 듯, 백포도주가 담긴 잔을 입으로 가져가며 덧붙였다.

"애초에 남자 자체에 큰 관심이 없는 것 같아. 나라서가 아니라."

이런 말을 실제로 하는 사람이 있다니. 나는 속으로 조용히 코웃음을 쳤다. 나와는 정반대인 사람에 대해 설명하고 있는 듯했다. 나를 잘 아는 것처럼 말해도 사실은 전혀 알지 못했다. 3년 전 여름이 머릿속을 스쳐 지나간다.

"조만간 여행을 좀 다녀오려고 해. 친구 결혼식. 프랑스에서."

나는 그렇게 말하고, 고개를 돌려 옆에 난 창문 쪽을 향했다. 두꺼운 유리창 너머, 미드 타운의 시끄러운 소음은 말도 안 될 정도로 멀게만 느껴진다. 여전히 조용하고 친절한 레스토랑. 적막이 주는 묘한 향수에 젖어 든다.

"함께 갈까?"

윽. 나는 미소 지으며 고개를 저었고, 그 후론 한동안 아무

말 없이 유자 소스가 뿌려진 한치를 씹었다. 여전히 조용하고 친절한 레스토랑 안에서.

거울을 바라보며 조용히 한숨을 내쉰다. 정신에 힘을 주어 물을 잠그고, 보기보다 가벼운 나무 문을 살짝 밀어 다시 밖으로 나온다.

돌아온 자리엔 커다란 나뭇잎 사이사이로 여전히 따뜻한 햇볕이 내리쬐고 있었다. 르네가 시원하게 틀어 올린 머리칼을 한번 풀었다 다시 묶고는, 한 가닥 끝을 잡고 빙빙 돌리며 다시 빨간 테이블에 턱을 괸다. 그러곤 내가 의자에 앉자마자 메뉴판을 바라보며 이곳의 초콜릿 무스 케이크에 대해 묻는 투명한 사과 같은 르네. 나는 눈에 힘을 주어 크게 뜨고, 고개를 빠르게 서너 번 끄덕인다. 이보다 더 강하게 동의할 수는 없다는 의미로, 결코 실망하지 않을 거란 의미로.

덩달아 신이 난 르네는 손을 살짝 들며 뒤돌아 멀찍이 있던 콧수염 웨이터에게 신호를 보낸다. 드러난 목덜미로 보이는 주근깨와, 흔들리며 소리를 내는 빨간 철제 테이블. 르네가 웨이터에게 케이크를 주문하는 동안, 나는 그녀가 마시고 있던 두꺼운 머그잔에 담긴 커피를 맛보기 위해 손을 뻗는다.

집으로 돌아와서는 한참 동안 낮잠을 자고 일어났다. 춥고 어두운 방 안, 열린 문틈으로 부엌 불이 희미하게 새어 들어

온다.

"다 잤어?"

졸린 눈을 비비며 거실로 나가자 헤드셋을 낀 채 영화를 보고 있던 르네가 나를 발견하고는 쿡쿡대며 웃었다.

"몇 시야?"

곁에 가 앉아 어깨에 기대며 시간을 묻자, "8시 반." 하는 무미건조한 대답이 돌아온다.

어디선가 날아오는 밀가루 끓는 고소한 냄새. 보글보글, 소리가 나는 쪽을 따라 고개를 들어 시선을 돌리자, 모락모락 따뜻한 김을 내며 파스타 면이 삶아지고 있었다.

"생각보다 너무 많이 잤네."

"깨울 걸 그랬나?"

르네가 말하며 노트북을 덮고, 그 위에 헤드셋을 올려놓는다. 나는 입꼬리를 올리고 고개를 젓는 것으로 대답을 대신했다. 여전히 멍한 기운.

파스타에 이어서 디저트까지 한 접시 해치운 우리는 그대로 밖으로 나가 발길 닿는 대로 정처 없이 걷고 사진을 찍으며 늦은 봄날의 뉴욕 골목을 누비고 다녔다. 특별한 날에 가려고 점 찍어 둔 일본 음식점 앞에서 괜히 그 안을 기웃거려도 보았고, 오랜만에 들른 하우징 웍스에서 귀여운 밤색 부츠도 발견했다. 가을, 겨울에 신어야 할 소재라 지금 신기에는 어울리지 않겠지만, 어쩐지 꼭 데려오고 싶었다. 프로방스에도 무조건 챙겨 가기로 마음먹었다. 나와 옷 입는 스타일이 완전히 다른 르네마저도 신이 난 나를 보더니 얼마든지 그러라며, 입을 빼죽 내밀곤 고개를 끄덕였다.

배에서 꼬르륵 소리가 났다. 나는 여전히 잠에서 다 깨지 못하고 부스스한 머리를 한 채, 아무 말도 하지 않고 눈만 껌뻑이고 있다.

영차, 하는 소리를 내며 소파에서 일어난 르네.

"부엌에 보니까 면이랑 소스가 있더라고."

인덕션 앞으로 가 익숙한 동작으로 푸실리 면에 소금 간을 한다. 나는 그대로 다리를 끌어안고 푹신한 소파에 몸을 기댄 채 커다란 창문으로 고개를 돌린다.

유리창에는 투명한 물방울들이 촘촘히 맺혀 반짝이고 있다. 그렇게 맑더니 자는 사이에 비가 온 모양이었다. 거울처럼 매끈한 표면의 건너편 아파트에 잿빛 하늘이 반사되어 묘한 분위기가 났다. 잿빛 하늘과 반짝이는 빗방울. 하루건너 비가 오다 말다 하는 것이, 이제 여름이 가까워졌다는 신호 같았다.

몸을 살짝 일으켜 테이블 위에서 깜빡이고 있던 자동 응답기를 튼다. 두 개의 새로운 메시지. 삐 소리를 내며 첫 번째 메시지가 재생된다. 아, 마감이 있었지. 출국 전날인 다음 주 화요일까지 밀린 원고 번역을 마쳐야 했다. 그 외에도 몇 가지 사소한 할 일들이 더 있었는데, 저녁 약속 변경이나 집에 있는 화분 옮기기, 그리고 갑작스럽게 결정한 여행 계획을 주위에 전달하는 것 등이 해당되었다.

몸을 숙여 흘러나오는 두 번째 메시지를 듣는다.

"헬로, 뭐해?"

어린아이같이 순수한 말투와 활기 넘치는 목소리. 엄마다. 언제 들어도 반가운 목소리에 나는 몸을 세우고 자동 응답기에 귀를 가까이 기울인다.

"그렇지 않아도 나도 아까 통화했어. 주말에 들르라고 하시던데, 영화 볼 거 하나씩 생각해서들 오래."

어깨 너머로 듣고 있던 르네가, 메시지가 끝날 때까지 기다렸다가 내게 말했다. 엄마는 늘 우리에게 따로 전화를 해서 안부를 묻거나 챙겨올 것을 전달하곤 했다.

나는 가만히 고개를 끄덕인 후 다시 창문으로 고개를 돌린다. 저녁 내내 비가 내릴 듯한 모양이다.

어릴 적. 나는 걸스카우트였고 르네는 아니었지만, 우리는 매해 방학마다 여름 캠프에 함께 보내졌다. 따분할 정도로 길고 더운 사막의 여름, 그 유명하고 붉은 퇴적암과 찍은 사진 하나 정도는 있어줘야 어디 가서 애리조나에 사는 어린이라고 당당히 말할 수가 있었다. 그해 여름에도 우리는 어김없이 함께 캠프에 보내졌고, 아마 나는 그때부터 조금씩 착해지기 시작한 것이 아닐까, 하고 스스로 짐작한다.

캠프에서 우리는 서로 다른 아이들과 무리 지어 다녔다. 나는 항상 활기차고 자기 주장이 강한 친구들과 함께였는데, 여름마다 같은 캠프에서 만나다 보니 한 번 형성된 무리는 다음 번에도 자연스럽게 다시 모이게 되었다. 반면에 르네는 그때도 하얀 피부에 말수가 적고, 또래 중에서는 키가 큰 친구들과 함께였다.

급류 래프팅을 한 것은 그때가 처음이자 마지막이었다. 모험심과 협동심을 동시에 기를 수 있는 체험 훈련. 여섯 명씩 조를 지어 콜로라도 강을 돌며 그랜드 캐니언을 휘감고 돌아오는 코스였는데, 강한 물살에 메아리마저 잡아 먹히고 마는 그 거대한 자연 광경을 보고 있으면 누구라도 위압감과 희열을 동시에 느낄 수밖에 없었다.

조교 선생님이 모는 커다랗고 통통한 고무보트에 올라 아름다운 강을 따라가다 보면 서서히 웅장한 협곡이 보이기 시작했고 물살도 점점 거세졌다. 손잡이를 얼마나 세게 잡고 있었는지 어깨가 욱신거렸고 쉴 틈 없이 흔들리는 머리에 정신이 하나도 없었다. 겨우 정신을 차리고 고개를 들었을 때에는, 옆으로 수많은 산봉우리들이 이루는 장관을 볼 수 있었다.

그렇게 차례대로 래프팅을 끝내고 돌아와 뿔뿔이 흩어져 모닥불에 젖은 옷을 말리고 있던 중이었다. 호루라기 소리가 날카롭게 울렸다.

"배 하나가 아직 도착하지 않았다."

사감 선생님이 우리를 모은 뒤 자못 어두운 목소리로 하신 말씀이었다.

나는 그제야 자리에서 벌떡 일어나 주위를 둘러보았다. 르네는 어디 있지? 르네가 보이지 않았다. 갑자기 심장이 빠르게 뛰었다. 사감 선생님이 말한 그 배는 바로 르네가 타고 있던 배였다.

우리는 나눠 준 간식도 먹지 않고 다같이 손을 모아 그들이 돌아오기를 기다렸다. 따로 찾아간 내게 선생님은 여름이라 해가 늦게 진다며 걱정하지 않아도 된다고 다독여 주셨지만, 멀찍이 통나무집 뒤편으로는 각 조를 맡았던 선생님들이 모여 르네가 탄 배의 담당 조교와 무전을 시도하고 있는 것이 보였다. 높고 커다란 나무를 따라 시끄럽게 울어 대는 매미 소리와 함께 내 마음은 점점 더 타들어갔다.

여기서 르네를 잃는 걸까? 그렇게 생각하자 숨이 잘 쉬어지지 않았다. 그 못된 곱슬머리 계집애가 없이 어떡하지? 다시는 살아갈 수 없을 것 같았다. 처음부터 혼자였으면 모를까, 둘이었다가 하나가 되는 것은 말도 안 되는 일이었다. 르네 대신 내가 그 배를 탔어야 했다고 생각했다. 왜냐하면 나는 르네보다 키도 작고 힘도 약하지만 언니니까.

르네가 돌아오기만 한다면 그렇게 키우고 싶다던 도마뱀도 키울 수 있도록 엄마를 같이 설득해 주고, 양팔 벌린 사와로 선인장 앞에서 사진 찍을 때마다 옆으로 밀어버리겠다는 협박도 다시는 하지 않고, 벽장 속 괴물 이야기로 겁을 주는 것도 그만두고, 외식을 하러 나가서도 르네가 원하는 메뉴로만 고르고, 바람개비가 달린 파란 자전거를 아빠가 밀어 주실 때도 무조건 르네 먼저 하게 하고, 더워서 잠도 잘 오지 않는 사막에서의 매일 밤, 귀찮도록 착 달라붙어 내 머리카락을 손가락으로 빙빙 꼬아 대는 통에 아침이면 머리 끝이 죄다 엉켜 있어도 짜증을 내지 않겠다고, 그렇게 해야 르네가 잠에 들 수 있다면 평생토록 묵묵히 참고 살겠다고 다짐했다.

점점 공기가 연해지기 시작했다. 슬슬 목 뒤로 시원한 바람까지 부는 걸 보니 시간이 꽤 많이 지난 것 같았다. 그때 누군가가 소리를 지르며 앞으로 달려 나갔다. 그들이 돌아온 것이었다. 열 가운데로 르네가 힘이 다 빠진 채 터벅터벅 걸어오는 모습이 보였다. 우리는 한참을 껴안고 엉엉 울었다.

저녁으로는 멧돼지 고기를 먹었다. 다음으로는 볼이 벌개진 채 캠프 파이어 앞에 앉아 양손을 꼬옥 맞잡고 꾸벅꾸벅 졸며 부모님이 데리러 오시기만을 기다렸고, 그 후로 우리는 두 번 다시 여름 캠프에 보내지지 않았다.

쭈욱 기지개를 켜며 창가로 가, 공원을 내려다본다. 세 개의 고층 빌딩으로 구성된 아파트 단지. 잘 정돈된 공원을 사이에 두고 경쟁하듯 서로가 서로를 마주보고 있다. 잔디는 물기를 잔뜩 머금은 채 진한 녹색이 되어 있었다.

갑자기 무슨 글이든 쓰고 싶어 급한 대로 앞에 놓인 공책을 품에 안고 메모하기 시작했다. 오늘 르네와 부벳에서 먹은 맛있고 예쁜 것들부터, 햇빛을 받은 초록색 나뭇잎이 바람에 살랑살랑 흔들리던 모습, 구경하러 들어갔던 매장에서 신어 본 검은색 펌프스 힐, 워싱턴 스퀘어 파크로 이어진 골목을 걷던 중 만난 쿨한 동성애 커플까지.

"다 됐어, 얼른 와."

파스타가 다 되었다며 부르는 르네의 목소리에, 나는 쓰던 것을 멈추고 몸을 일으킨다.

비는 다음 날까지 멈추지 않고 내렸다. 우리는 내내 집에만 있었다. 나는 내 방에, 르네는 거실에. 아침은 간단하게 우유에 현미 시리얼을 먹었고, 여행을 위한 짐을 마저 챙겼다. 엑상프로방스에 있는 모나에게 영상 통화를 걸어 르네와 인사를 시켰고, 점심으로는 터키 샌드위치, 저녁에는 집 근처 중식당에서 배달을 시켜 먹었다. 볶음면과 볶음밥, 오렌지 치킨과 볶은 야채, 몽골리안 비프와 차이니스 윙, 그리고 에그 수프까지. 욕심을 많이 부린 만큼 더부룩함이 꽤 오래갔다. 요가도, 명상도, 아무것도 할 수 없었다. 말도 안 되게 끝내주는 핑계라고 생각했다. 배불러서 아무것도 하지 못하다니.

습한 기운을 좀 날리고자 우리는 에어컨을 틀고 나란히 소파에 널브러져 누웠다. 그때 마침 국제 소포가 도착해 있다는 인터폰이 울렸다.

국제 소포? 누가 보냈지? 지금 여행을 가 있는 친구가 있던 가? 로비로 내려가는 엘리베이터 안, 고개를 푹 숙인 채 무심코 아래를 내려다보며 생각했다. 뽀글뽀글한 털로 덮인 토스트 색 슬리퍼. 대충 걸치고 나온 후드 집 업의 주머니 속에서 괜히 손가락을 꼼지락댔다.

로비 리셉션 뒤쪽에 위치한 커다란 분수를 지나면 들릴 듯 말 듯 희미한 물소리가 겨우 미치는 곳에 메일 룸이 있다.

앳된 얼굴의 담당 직원에게 아파트 번호를 말하자 카드 키를 찍게 했다. 직원은 신원 확인 후에 뒤편에서 하얀색 상자를 꺼내 왔다. 검은색 볼캡으로 누른 붉은색 머리카락과 검은색 칼라 티를 넣어 입은 같은 색 정장 바지. 그가 이동하는 반경에는 익숙한 분홍색의 풍선껌 냄새가 풍겨 왔다. 내게 소포를 건네 주며 입술에 힘을 주어 살짝 미소를 짓자 얇은 입술이 더욱 얇아지며 오른쪽 볼에 보조개가 나타났다. 나 역시 한쪽 눈썹을 들어 올리며 고개를 한 번 까딱이고는 돌아섰다. 폭포수처럼 떨어지는 시원한 물 위로 도톰한 동전들이 흔들리는 광경을 지나쳐, 메일 룸 소파에 자리를 잡는다.

소포는 런던으로 출장을 간 케빈이 보낸 것이었다. 서른 두 살의 국제 변호사. 위스키를 좋아하고, 말이 많은.

2년 전, 답답한 마음에 잘 다니던 학교를 무작정 휴학하고 개인 과외를 할 때였다. 엄마의 소개로 알게 된 케빈은 일주일에 한 번, 두 시간 동안 내게 한국어를 배우기로 했는데, 사실 그가 한국어를 배워야 할 이유는 딱히 없어 보였다. 나 역시 꼬치꼬치 따지고 들 생각은 없었다. 뭐라도 하고 있어야 부모님을 덜 걱정시킬 터였으니까.

출장이 잦은 탓에 수업 일정은 늘 불규칙했고, 급하게 일정을 변경하고 해외에 다녀온 그의 손에는 언제나 그곳에서 유명하다는 디저트가 들려 있었다. 단것을 좋아하는 편은 아니지만 가져온 성의를 봐서 맛있게 먹는 척을 했다. 그렇게 몇 번의 수업이 지나고 어느 날.

"못 봐주겠네요."

"네?"

물잔을 내려놓는 나를 보며 케빈이 말했다. 나는 그제야 그가 내 행동을 한참이나 빤히 쳐다보고 있었음을 알아차렸다.

"디저트, 별로 안 좋아하죠?"

"아뇨, 좋아하는데요."

"괜찮으니까, 그냥 뱉어요."

나는 그럴 수 없다고 답했다. 하지만 케빈은 충분히 그럴 수 있다고 응수했다.

"정말요?"

"정말요. 타르트 한 입에 이 사약 같은 커피를 벌써 두 잔이나 마셨잖아요. 처음엔, 커피를 엄청나게 좋아하는 사람인 줄 알았죠. 그런데 이렇게 물을 몇 배로 들이키는 걸 보고 알았어요. 보고 있는 제가 다 괴로워서 더는 못 봐줘요."

케빈은 내 앞에 놓인 투명한 물 잔에 시선을 고정한 채 말했다.

그의 말이 맞았다. 사실대로 말하자면 그 잔은, 카페 가운데에 있는 커다란 탱크에서 벌써 세 잔 째 채워 온 것이었다.

"솔직하게 말해도 돼요?"

"제발요."

내 말 한마디 한마디를 기다리는 눈동자 너머로, 순수한 호기심이 그대로 비쳤다.

"좀 그런 면이 없지 않아 있어요."

"그럴 줄 알았다니까."

그다음은 데이트 신청이었다.

"잘 아는 맛집이 있어요. 월 가 쪽에요. 입가심하러 가시죠, 개운하게."

레몬 머랭 타르트로 달게 절여진 입을 개운하게 만들어 줄 음식은 연어 타르타르와 캐비아였다. 나쁘지 않은 조합이라고 생각했다. 어쨌거나 기분만큼은 상큼해졌으니까.

그 뒤로도 그는 우리가 수업이 있는 날이면 내가 못 이기는 척 함께할 수 있을 만한 아주 자연스러운 상황을 만들어 냈고, 메뉴 선정에 있어서도 늘 괜찮은 편이었다. 과감한 사람처럼 보였다. 나이에 비해 반짝이는 눈빛을 잘 유지하고 있다고 생각했다. 우리는 어느새 서로의 집에서 가벼운 와인 한잔 정도로 하루를 마무리하는 것이 자연스러워진 사이가 되었다.

함께 있으면 어른이 된 것 같은 기분이었다. 딱히 무언가 막 좋지도 않지만, 그렇다고 싫은 점도 없는. 내게 어른이 되었다는 건 그런 것이었다. 서운한 것도, 이 이상 바라는 것도 없는. 케빈은 내게 터무니없는 것을 요구하지 않았고, 나는 그 점이 마음에 들었다. 내 마음을 증명해 보이라는 요구. 모든 행동에 마음을 부여해 달라는 요구.

하지만 무엇보다 가장 중요했던 것은, 이 사람과 함께 있을 때 감정을 완벽하게 통제하는 것이 가능한 나 자신의 모습이었다. 일종의 새로운 시작이라고 생각했다. 그 전의 나를 뒤로하고, 다시는 그러지 않으면 된다고.

메일 룸 소파에 앉아 하얀색 상자를 열자 목걸이가 나타났다. 선물을 확인한 나는 곧바로 전화를 건다. 수키, 하고 부르는 경쾌한 목소리. 통화 연결음이 두 번도 채 울리지 않았는데, 케빈은 언제나처럼 곁에 와 있다.

"이게 뭐야, 이런 걸 보냈어."

"잘 어울릴 거 같아서."

케빈은 섬세하다. 그리고 착하다. 내게 모든 것을 맞춰 주고 웃어 준다.

"고마워. 매일 하고 있을게."

우리가 함께 시간을 보낸 지도 벌써 1년하고 6개월. 난폭할 정도로 감정을 다루는 법에 서툴던 나를 다독여 결국에는 학교로 돌아갈 수 있게 한 데에도 케빈의 덕이 크다. 그렇다는 것이, 모든 것을 바꾸었다는 뜻은 아니지만.

"매일 전화해 줘. 언제든 받을 테니까."

그의 다정함에 항상 희미한 짜증이 나는 건 왜일까. 나는 도망치고 싶어진다. 내가 대답이 없자, 그가 더 착한 말투로 덧붙인다.

"언제든, 어디에 있든."

케빈이 나를 기다리고 있다는 것은 나도 안다.

"노력해 볼게."

내가 안다는 것을 케빈도 안다.

집으로 올라와서는 다시 르네 옆에 누워 천장에 비친 유리창의 그림자를 바라보았다. 창문을 타고 힘없이 흘러내리는 빗방울의 꼬리가 합쳐지고 합쳐지며 물줄기가 되었고, 무거워진 물줄기가 다시 흘러내리며 남기고 간 흔적들이 또다시 합쳐져 새로운 물방울이 되었다. 천천히 눈꺼풀만 겨우 깜빡이고 있는 나와 상반되는, 빠르게 반복되는 물의 움직임.

나는 비 오는 날이 좋다. 눅진눅진해지는 벽지의 냄새도 좋고, 창문을 때리는 둔탁한 빗소리도 좋다. 차도에 고인 빗물을 가르며 빠르게 지나가는 바람 소리도, 눈을 감고 목을 길게 빼면 이마로 떨어지는 빗방울의 느낌도 좋다. 턱 끝으로 흘러내리는 빗물에 주룩주룩, 고통이 씻겨 나가는 물소리.

비 오는 날은 매사에 이렇게 녹녹하고 나른할 수 있는 핑계가 되어 준다. 모두가 다같이 조금은 불행하고, 나는 그런 사람들 사이에서 그나마 덜 불행함을 느낀다.

— 비 오는 거 좋아.

— 언제는 싫다면서.

— 응, 그런데 좋아졌어. 수키가 비 오는 날을 좋아한다는 걸 알게 된 다음부터.

이 기억은 생각보다 시도 때도 없이 찾아와, 그리 오래 굳어진 것도 아니지만 그 횟수로 이미 아주 익숙한 습관이 되었다.

나는 여전히 빠르게 움직이고 있는 창밖 풍경을 바라본다.

"그럼, 주말에 만나."

르네의 말에 정신이 들었다. 내려가는 엘리베이터 안.

"그럴게."

띵, 하는 소리와 함께 지하 주차장에 도착한다. 은색 엘리베이터의 번쩍이는 스테인리스 문이 열리고, 깜빡이를 켜고 서 있는 검은색 자동차가 보인다.

"도착해서 전화할게!"

르네가 남자친구의 차로 달려가며 뒤를 향해 소리친다. 탁, 하는 소리를 내며 문이 닫힌다.

토요일, 오전 8시. 알람도 맞추지 않았는데 아침에 눈을 뜨자 그 시간이었다. 보통 때 같으면 다시 머리를 대고 이불 속으로 파고들어가 오후가 되어서야 느지막이 일어났겠지만, 오늘은 그대로 침대에서 몸을 일으켜 이부자리를 정리하고 창문을 열어 환기를 시켰다.

일, 월, 화, 수. 출국까지 남은 시간은 나흘.

소파에 앉아 화창한 햇살이 건너편 아파트에 반사되어 만들어 낸 동그란 빛을 바라보며, 밤사이 미리 만들어 둔 부드러운 오트밀을 먹었다. 브러시로 머리를 빗고, 양치를 하고, 얼굴을 씻는다.

옷장 속에 고이 접혀 있던 다리에 착 달라붙는 밤색 레깅스와 베이비 핑크색의 골지 니트를 꺼내 입었다. 소매가 기다란 이 운동복은 가슴께부터 배꼽까지 길게 셔링이 잡혀 있고 엄지손가락에 소매를 끼울 수 있도록 되어 있어, 요 근래 내가 아끼는 옷 중 하나다. 이어서 청소기를 돌리고, 열어 둔 창문을 닫는다.

오랜만에 스포츠 센터에 나가 출석 도장도 찍었다. 한 달에 30달러 남짓한 금액이 자동으로 빌링되고 있는 이 운동 시설은 모든 것이 최신식으로 잘 유지되어 있고, 로비에서 엘리베이터와 메일 룸을 뒤로한 채 오른쪽으로, 그러니까, 공원으로 연결된 자동문 너머에 좁다랗게 난 산책로 끝에 위치해 있다.

공원에는 어린아이들이 잔디밭을 뛰놀며 술래잡기를 하고 있었다. 그런 그들을 흐뭇한 얼굴로 바라보고 있는, 시원한 텐트 속 젊은 부부 한 쌍. 옆으로는 선 베드에 누워 뜨거운 태양을 만끽하고 있는 커플과 잠에서 깨자마자 침대에서 가져온 것 같은 이불을 굳이 그 잔디 위에 펼쳐 놓고 누워 헤드셋을 끼고 있는 사람도 보였다. 포장해 온 패스트 푸드의 종이 백이 둔탁한 소리를 내며 바람에 날아가고, 백인들의 드러난 양팔과 다리는 햇빛에 투명하게 반짝였다. 나는 그렇게 느긋한 주말 점심을 온몸으로 느끼며 스포츠 센터까지 천천히 걸음을 옮겼다.

르네와 함께 이 아파트를 처음 보러 왔던 때도 주말이었다.

"이대로는 안 되겠어."

입을 삐쭉 내밀며 손거울을 보고 있던 엄마의 목소리. 4년 전, 봄. 센트럴 파크.

우리는 잔디에 르네상스 풍의 그림이 반복적으로 그려진 방수 돗자리를 펴고 누워 베이글을 먹었고, 아몬드는 청설모를 쫓았다.

"뭐가?"

르네가 동그란 뚜껑이 달린 플라스틱 컵에서 연어 트릿 하나를 꺼내 아몬드의 입에 넣으며 물었다.

아몬드는 애쉬 브라운의 털을 가진 허리가 긴 일곱 살의 푸들이다. 처음 데리고 왔을 때만 해도 진한 초콜릿색이었는데, 배냇털을 삭 밀어 준 이후부터 갑자기 연한 색 털이 자라기 시작하더니 언젠가부터는 지금처럼 특별한 색이 되었다. 어느새 또 다른 간식을 자기 코앞까지 가지고 와, 둘 사이가 굉장히 가깝다.

"독립을 하렴."

"응?"

엄마의 다리를 베고 누워 있던 내가 몸을 일으키며 물었다. 내가 대학에 갓 입학해 두 학기를 정신없이 보낸 뒤 이제 슬슬 적응을 해가는가 싶을 때였다.

"그 편이 너희에게도 훨씬 좋을 거야."

엄마는 그렇게 말하고, 유명한 베이커리에서 사 온 초콜릿 칩 쿠키를 한입에 넣고 호홍, 하는 콧소리를 내며 웃었다. 청천벽력도 그렇게 달콤할 수 있구나, 하는 것을 그때 처음으로 느꼈다.

그 일이 있고 난 뒤 집을 구하기까지는 다행히도 그리 오랜 시간이 걸리지 않았다. 이 집은 딱 보자마자 느낌이 오는 그런 집이었다.

층수를 누르는 버튼 없이 카드 키에 등록된 세대 정보로만 움직이는 엘리베이터가 총 여섯 대. 모든 발자국 소리를 잡아먹는 듯한 조용한 호텔식 복도 바닥과 은색 손잡이를 열고 안으로 들어가면 가장 먼저 보이는 커다란 통유리창.

너머로는 사선으로 세워진 건너편 아파트가 보였는데, 거울같이 반짝이는 표면으로 되어 있어 전혀 답답하지 않았다. 분홍빛 노을과 구름이 그 편에 반사되어 보였고, 창문으로 가까이 가 고개를 빼고 아래를 내려다보니 넓은 잔디밭 위에 양쪽으로 선 베드가 누워 있었다. 위로는 큼지막한 단이 올라와 있었는데, 세 달에 한 번씩 입주민들을 위한 뮤직 페스티벌이 열린다고 집주인은 설명했다.

"여기로 할게요."

나는 르네의 왼편에 서서 꼬옥 팔짱을 낀 채 그렇게 말했다.

어느덧 해가 지며 하늘이 짙은 남색을 띠었고, 바비큐 그릴 존을 따라 하나둘 동그란 등이 켜지기 시작했다. 내 옆에 있던 르네의 이마와 양 볼, 콧잔등과 눈동자가 반짝였다.

운동을 끝내고 나온 후에도 한낮의 공원은 여전히 행복해 보이는 사람들로 북적였다. 푹푹 찌는 여름이 다가오기 전의 적당히 따끈해진 공기가, 하나로 질끈 묶은 머리카락을 기분 좋게 간지럽혔다.

해가 질 때 즈음이면 저 뒤편에 있는 바비큐 그릴 존에 불이 켜지고 저마다의 파티가 시작될 것이다. 여전히, 행복한 주말의 모습으로.

집으로 돌아온 나는 곧바로 낮잠을 잤다.

얼마나 지났을까.

오후 5시. 눈을 한번 감았다 떠 시간을 확인하자 벌써 나갈 채비를 해야 할 시간이었다. 황급히 준비를 마치고, 강 건너

브라이언트 파크로 향한다.

회색 계열의 벽돌로 이루어진 바닥과 뉴욕 특유의 샛노란 신호등. 눈부시게 빛나던 해가 어느새 옆으로 저물고, 공기는 더욱 투명한 빛을 낸다. 일을 마치고 하나둘 모이기 시작한 사람들로 북적이는 활기찬 미드 타운.

르네는 나보다 먼저 도착해 있었다.

"저기 있다!"

한참 저녁 메뉴에 대해 이야기를 하던 중, 내 뒤쪽 멀찍한 곳을 가리키며 르네가 외쳤다. 부모님을 만날 때면 우리는 최대한 한국말을 쓰려고 노력한다. 뿌리를 잊고 살면 안 된다는 아빠의 가르침 때문이다.

뒤를 돌자 앙증맞은 꼬리를 흔들며 우리를 향해 달려오는 익숙한 강아지 한 마리가 보였다. 그 뒤로 커다란 선글라스를 끼고 입가에 미소를 띤 채 느긋이 다가오는 우리 엄마.

한달음에 달려온 아몬드와 함께, 우리는 투명한 하늘빛을 맞으며 한참 동안 엉덩이춤을 추었다. 씰룩씰룩. 아이 반가워, 씰룩씰룩.

"하이, 내 새끼들."

엄마가 시원시원하게 말하고, 선글라스를 벗는다. 어퍼 이스트에서 센트럴 파크를 지나 브라이언트 파크까지 그 긴 거리를 걸어 왔노라, 말하는 엄마의 인중에는 땀이 송골송골 맺혀 있다.

"이렇게 보니 엄마랑 아몬드랑 닮았다."

"정말? 고마워."

도자기도 굽고 그림도 그리는 엄마는 여기저기에서 찾는 사람들이 많아 항상 바쁘다. 매일 아침이면 예쁘게 차려 입고 화장대에 앉아, 간단한 아이라이너라도 꼭 그리고 있던 엄마. "어디 가?" 하고 물으면, "어디 안 가." 하는 대답이 돌아올 때도 있었다. 호홍, 하는 콧노래를 흥얼거리며, 머리에는 분홍색 헤어 롤을 만 채.

우리가 다 같이 한 집에 살 때에는, 누가 봐도 나갈 준비를 마친 사람의 모습으로 거실에 있는 블루베리 나무의 열매를 스무 알 정도 똑, 하고 떼어 우리 방에 찾아오곤 했었다. 그렇게 침대 머리맡에 걸터앉고는 발을 통통 차며 아직 눈도 못 뜬 내 입에 블루베리 한 알씩을 넣어 주는 것이다. 하루의 시작을 알려 주던, 그렇게 작고 동그란 보라색 열매.

"너의 존재가 가볍게 느껴지니?"

엄마가 이런 질문을 한 적이 있었다. 내가 나를 돌보기 싫어하던 재작년. 당시 나는 홀로 이별의 아픔과 싸우는 중이었다. 아무도 만나지 않고, 아무것도 하지 않고. 나를 잃은 채 아무것도 하지 않는 날들이 반복되었다. 우리는 각자 두꺼운 점퍼를 꽁꽁 싸매고 중간 지점에서 만나 강가를 걸었다.

"내 존재가 가볍냐고? 왜 그런 말을 해?"

내가 되물었다.

"《참을 수 없는 존재의 가벼움(The Unbearable Lightness of Being)》이라는 책이 있잖아."

엄마는 책의 제목을 이야기하고 있었다. 나는 안다며 고개를 끄덕였다.

"알아, 그 책. 그런데 그게 대체 무슨 뜻이야?"

"그 책 제목은 말 그대로 그런 뜻인데?"

아리송한 대답에 앞을 보며 걷던 나는 고개를 돌려 엄마를 쳐다보았다.

"참을 수 없는 어떤 존재가 있다고 쳐. 그런데 그게 가볍다는 거야?"

엄마는 나의 말도 안 되는 해석에 푸핫, 하고 웃었다. 부둣가 옆에서, 말끝으로 하얀 입김이 새어 나왔다.

"네가 그 뜻을 이해할 수 없다는 건, 아직 네가 잘 살고 있다는 증거야."

자주는 아니지만 엄마는 종종 그런 식으로 날 위로했다. 뒤돌아보면 어딘가 딱 맞아떨어지는 말들을, 전혀 멋있지 않은 표정으로 말하곤 했다. 나는 가만히 고개를 끄덕였고, 우리는 그 대화를 끝으로 산책을 마친 뒤 각자 집을 향해 헤어졌다.

횡단보도를 건너기 위해 나란히 선다. 엄마, 르네, 아몬드, 그리고 나. 브라이언트 파크 건너편에 있는 식료품점 트레이더 조스에서 장을 보기로 했다. 웬만한 뉴욕의 횡단보도는 다

무단으로 건널 수 있지만(그것이 합법이라는 뜻은 아니다), 브라이언트 파크 앞 횡단보도는 도로가 꽤 넓어서 신호를 기다리는 편이 안전하다.

여기서 두 블록만 더 가면 자주 가던 카페 겸 바가 있어 근처에 온 김에 들르고 싶었지만 꾹 참았다. 르네에게 그런 곳이 있다는 이야기도 꺼내지 않았다. 그곳에 가면 다시 한번 그 좋았던 기억이 떠오를 것이 분명했다.

혼자 차를 마시며 책을 읽고 있을 때면 항상 데리러 와 내 것과 똑같은 차를 시키던 그 사람. 잔이 거의 비워질 때 즈음에 맞춰 책을 덮으면 말없이 미소를 지으며 일어나 내 등을 감싸던 그 사람. 저녁을 먹고 집에 들어가기 전이면 꼭 허드슨 강 쪽 부두까지 손을 잡고 걷고 싶어 하던 그 사람.

이제는 내 마음속에 존재하는 그 사람 따위, 전혀 가볍지 않지만 나는 얼마든지 참아낼 수 있다.

눈을 몇 번 깜빡이고는 머리를 귀 뒤로 넘겨 하나로 질끈 동여맨다. 뉴욕의 한가운데, 시끄러운 사이렌 소리에 삐져나온 잔머리가 얼굴을 간지럽힌다.

화요일. 출국까지 스무 시간 남짓.

집으로 돌아온 나는 아까부터 엉덩이를 최대한 앞으로 쭉 빼고는 유니언 잭이 프린팅 된 두툼한 담요를 어깨에 두른 채 소파에 기대어 있었다. 배 위로 올려 둔 노트북. 번역 중인 대본이 띄워져 있다.

지난 며칠 동안은 오랜만에 온 가족이 한데 모여 함께 시간을 보냈다.

첫날 밤에는 엔젤 윙과 치킨 나초를 만들어 먹으며 다 같이 영화를 봤고, 다음 날엔 파프리카와 아스파라거스를 감싼 베이컨 말이를 만드는 법을 배웠다. 영화는 별거 중인 부부가 범죄 현장의 목격자가 되어 FBI의 증인 보호 프로그램 탓에 외딴 시골로 보내지는 내용이었다.

'변화가 일렁일 때 변하는 건 사랑이 아니오. 님 따라 변하는 것 또한 사랑이 아니라. 사랑은 영원히 변하지 않는 지표이니. 폭풍우 속에서도 결코 흔들리지 않으리라[영화 〈들어는 봤니? 모건 부부(Did You Hear About the Morgans?)〉 중 희곡 《템페스트(The Tempest)》의 대사 중에서].'

담요를 풀썩이자 얼굴이 간지럽기 시작한다. 볼 언저리를 확인하니 강아지 털이 한 가닥 붙어 있는 모습이 보인다. 손가락으로 조심스럽게 떼어낸다.

우리가 늦은 밤까지 화이트 와인을 마시며 즐거운 시간을 보내는 동안 품에 안겨 있던 눈도 코도 입술도 온통 갈색뿐인 아몬드는 계속해서 따끈하고 말랑해져 갔다. 우리의 목소리를 자장가 삼아 쌔근쌔근. 말을 멈출 때면 꼬옥 감고 있던 눈을 슬그머니 떠서 우리가 없어진 건 아닌지 주변을 확인했다. 그러면 우리는 입을 모아 말해주었다. "응, 어디 안 갔어. 우리 여기 있어." 포슬포슬한 콧잔등을 미간까지 쓸어 넘겨주면, 안도의 숨을 내쉬며 다시 눈을 감았다.

이튿날 아침에는 다 같이 늦잠을 자고 일어나 엄마가 만들어 준 프렌치 토스트와 오렌지 주스를 먹었다.

여행 중 비어 있을 집에는 여행객들을 받기로 했다. 뉴욕은 뉴욕인지라, 이런저런 절차를 거쳐 온라인에 등록하자마자 출국 다음 날부터 바로 예약이 차기 시작했다.

엄마는 출국 날 우리를 공항까지 데려다 주겠다고 했다. 아빠도 함께 가기로 했다. 어린아이 취급을 받는 것은 여전히 기분 좋았다.

집을 구하고 난 후, 직접 학비를 부담하지 않아도 된다는 점은 천운이었지만, 여전히 생활비는 물론이고 다달이 내야 하는 월세를 해결해야 하는 문제가 남아 있었다. 엄마는 바로 그런 점에서 우리의 독립을 바라셨던 것 같다. 처음 몇 달은 '초기 정착 자금'이라는 명목으로 부모님의 지원이 있었다. 하지만 '자금'이 조금씩 떨어져 가자, 나는 대학생의 신분으로 할 수 있는 파트 타임을 알아볼 수밖에 없었다.

과외부터 해서 원고 번역도 그래서 시작하게 된 것이었다. 영어와 한국어를 능통하게 할 수 있다는 점에서 내게는 비교적 수월한 일이었다. 게다가 언제 어디서든 할 수 있고, 무엇보다 몸이 고생하지 않아도 되어 나와 잘 맞았다. 편독을 하던 내게 다양한 원고를 접할 기회는 물론이고 어느 정도 강제

성으로 글을 읽는 시간 또한 많아지니 저절로 공부가 되었고, 페이까지 나름대로 꽤 쏠쏠했다. 비록 처음에는 학업과 원고 작업을 병행하는 데에 어려움이 있었지만, 오히려 일이 늘어날수록 잠을 좀 줄이고 시간을 분배하니 점점 균형이 맞았다.

이렇게 앉아 있은 지 얼마나 지났을까. 한참을 붙들고 있던 마지막 원고까지 모두 전송한 채 묘한 해방감과 불안함을 함께 느끼고 있을 때, 르네가 커다란 캐리어를 끌며 아파트로 돌아왔다.

"내일이네."

"응, 내일이야."

우리는 막 구운 갈릭 브레드를 오븐에서 꺼내어 상아색 과자 접시 위에 올려놓고는, 자리에 앉지도 않고 와구와구 뜯어 먹었다.

"언니, 들어 봐."

사락사락 잡지를 넘기는 소리. 소파에 자리를 잡고 아이스크림으로 입가심을 하던 르네가 말을 꺼낸다.

"소행성 하나가 아주 빠른 속도로 우리한테 날아오고 있대. 그럼 우린 2050년 안에 다 죽는 거래."

나는 머리가 시릴 정도로 차가운 콜라를 손에 들고 있었다. 장난스러운 표정을 지으며 입을 연다.

"오늘이 마지막 날이면 넌 어떻게 할 거야?"

"오늘이 마지막 날이면?"

"응. 그 잡지에 쓰인 것처럼 지구 종말 때문일 수도 있고, 너 혼자 마지막 날일 수도 있고."

"음⋯⋯."

별생각 없이 던진 질문에 르네는 제법 고심하는 듯 보였다. 까딱거리는 르네의 발. 아무 생각 없이 내뱉다 보면 마음이 비워질까.

"우리 가족하고 사랑하는 친구들이 다 함께 있었으면 좋겠어."

머릿속에 떠오르는 이름.

"내가 사랑하는 친구들이 사랑하는 사람들도 함께 있었으면 좋겠고, 그 사람들의 사랑하는 가족과 친구들도 함께 있었으면 좋겠어. 그렇게 온통 사랑하는 사람들끼리 점점 더 많이 모여 함께 기다리는 거야. 그럼 더 이상 무섭지 않을 테니까."

이름은 얼굴이 된다.

"너도 참."

나는 대답하며 까딱거림을 멈춘 르네의 발을 가만히 바라본다. 목을 가다듬고, 시렵도록 찬 콜라를 들이킨다.

우리는 그 후로도 테이블 위에 있던 코코넛 칩을 조금 나눠 먹다가 손과 발을 청결하게 씻은 뒤 침대에 나란히 누웠다. 가지 말까? 우리를 기다리고 있는 것은 무려 12시간짜리의 기나긴 비행. 그리고⋯⋯.

"안 간다고 할 걸 그랬나?"

괜히 농담조로 말을 걸자 르네가 내 쪽으로 몸을 돌려 누웠다.

"왜? 긴장돼?"

3년 만의 엑상프로방스. 나의 여름, 그의 여름.

"아니."

"웃겨. 잘 자."

나는 한참을 정직하고 꼿꼿한 자세로 침대에 누워 천장을 바라보다가, 르네의 코 고는 소리를 들으며 눈을 감았다.

2

고개를 들자 축축한 기분과 함께 창밖은 어두운 밤이 되어 있었다. 바닥까지 내려온 부드럽고 긴 커튼 틈으로 새어 들어오는 고요한 빗소리. 녹슨 손잡이를 당기면 문처럼 열리는 저 오래된 창문은 군데군데 하얀 칠이 벗겨져 있다.

손목을 들어 시간을 확인한다. 4시 57분, 저녁도 채 되지 않은 시간.

밤이 아닌데도 흐린 날씨 덕분에 벌써부터 모두가 잠에 든 것처럼 세상이 어두워져 있다니. 기분이 나쁘지 않았다.

몸을 돌려 천장을 보고 눕는다. 모든 것이 익숙한 마을의, 모든 것이 익숙한 침대 위. 두 번째 방문하는 엑상프로방스.

이미 눅눅해질 대로 눅눅해진 담쟁이넝쿨에, 빗방울 부딪히는 소리가 계속해서 들려온다. 지난 밤 잠자리에 들기 전, 온몸에 스며들어 있을 도시의 매연과 시끄러운 사이렌 소리 대신 남부 특유의 짭조름한 바닷바람을 하나도 남김 없이 분홍색 스크럽으로 씻어냈다. 이틀에 한 번꼴로 시내에 나가 잔을 부딪히고 새로운 사람들과 눈빛을 주고받은 뒤에도 잠은 꼭 이곳에서 들었다.

벌써 3년 전의 일이다.

주말마다 모나가 바꿔주는 담요에서 풍기는 포근한 섬유 유연제와 나의 살 냄새가 어우러져, 몸을 들썩일 때마다 침대와 내가 더욱 끈끈해져 감을 느끼곤 했었다.

꿀같이 달콤한 잠을 반나절 정도 자고 일어났을 뿐인데 새로운 삶의 시작을 코앞에 둔 전쟁 영웅이라도 된 듯한 기분이 들었다. 양손을 맞잡아 깍지를 끼고 팔을 위로 쭉 뻗은 뒤, 다시 목과 등을 타고 내려와 엉덩이와 허벅지, 발끝까지 늘리며 앞뒤로 움직여본다. 잠에서 깨어나는 온몸 구석구석. 오는 길의 길었던 여정도 어느새 다 꿈에서 일어난 일 같았다. 여기는 뉴욕이 아니다.

아침, 약속한 대로 공항까지는 부모님께서 바래다 주셨다. 뉴욕 존 F. 케네디 공항에서 출발하여 파리가 아닌 마르세유 공항을 이용했고, 마을까지는 차로 40분 남짓이면 되어 모나와 필립이 마중을 나왔다.

건조한 몸을 이끌고 공항 밖으로 나오자 주변의 모든 건물이 반죽처럼 익어가며 이글거리고 있었다. 특유의 따뜻한 햇볕 냄새와 캐리어를 끌기엔 버거운 울퉁불퉁한 돌바닥. 이름 모를 수많은 광장과 그들을 고르게 나누고 있던 오래된 주황색 벽들은 여전히 내게 잘 익은 파파야를 연상시켰다. 내가 이곳에 다시 돌아오다니.

눈을 감아도 태양은 뜨거웠고, 나는 눈부신 하늘에게 키스라도 받듯 고개를 기울여 한쪽 뺨을 들어 보였다. 캐리어 두 개를 손에서 떼지 않고 숨을 크게 들이마시자, 선선한 바람에 잔머리가 흔들리는 것이 느껴졌다. 공기 어딘가에 소금 냄새를 은은하게 감춘 바닷바람이 머리카락 깊숙이 배어 따라다닌다.

어디선가 조용한 파도 소리가 들려오는 것 같았다.

나는 그대로 완벽한 남프랑스 사람이 된 것만 같은 기분에 젖어, 머리칼을 두어 번 틀어 올렸다 풀기를 반복했다.

내 어깨를 톡톡 치는 르네의 부름에 한껏 들이마셨던 숨을 폭, 하고 내쉬며 천천히 눈을 떴다. 저 멀리, 내가 그토록 기다리고 있던 커플의 모습이 보였다. 완벽한 남부 사람이란 수식어는 바로 저 둘을 두고 하는 말이었다.

캐리비안의 피가 흐르는 덕에 타고나게 어둡고 탄력 있는 피부. 눈부시게 뜨거운 태양만큼이나 화려하게 웃으며, 큰 키에 기다랗게 쭉쭉 뻗은 팔다리로 우리를 향해 성큼성큼 다가오는 여자가 모나. 아름답게 구불거리는 머리칼을 선글라스로 올린 채, 웃을 때마다 자연스럽게 자리 잡는 눈가의 주름을 뽐내며 한 손을 들어 보이고 있는 프랑스 남자가 필립이다.

나는 그들의 하얗고 정갈한 치아와 두 뺨을 맞대는 정겨운 키스 덕에, 오래된 집에 온 것만 같은 기분이 들었다.

모나와 필립은 몇 해 전, 연말을 보내러 간 보라카이에서 처음 만난 커플이다. 12월 31일. 그해의 마지막 날이었고, 내가 사는 뉴욕은 겨울이었지만 그곳은 무더운 여름이었다. 낮에는 수영을 하고 밤에는 해변에서 술을 마셨다.

물기가 서린 투명한 칵테일 잔을 손 끝으로 들어 올리면, 그것은 얼음을 잔뜩 넣은 진 앤 토닉이다.

"이 의자 혹시 같이 써도 될까?"

시끄러운 음악과 눅눅한 바닷바람 사이로 낯선 목소리 하나가 선명하게 들려온다. 고개를 돌리자 곱슬머리의 서양 남자 하나가 내 옆을 가리키고 있다. 내 쪽에 가깝게 있던, 다리가 기다란 진갈색 나무 의자. 나와 친구들은 오래된 캐럴에 흥을 이기지 못하고 딱딱한 의자에서 일어나 디제잉 부스 바로 앞에서 춤을 추고 있었다. 더운 나라에서 보내는 연말이라니.

"쓰세요. 어차피 이제부터 계속 춤 출 거라 필요 없어요."

나는 싱긋 웃으며 그렇게 대답하고, 다시 친구들에게 시선을 돌렸다.

그곳은 전날 따뜻한 피자와 치킨 윙을 사 들고 화이트 비치를 가로지르던 중에 발견한 곳이었다. 길게 펼쳐진 해변과 평행을 이룬 꼬마전구가 줄지어 반짝이던, 가운데에는 동그랗게 모여 앉을 수 있는 자리가 마련된 활기찬 바.

"아냐, 네 자리였잖아. 같이 쓰자!"

그의 천진난만한 목소리와 악의 없는 말투가 나를 다시 뒤돌게 만들었다. 햇빛에 그을린 건지, 술기운이 오른 건지 얇은 피부 위로 올라온 홍조. 깔끔하게 뒤로 넘긴 옅은 갈색 머리칼과 전혀 어색하지 않게 기른 구레나룻, 그리고 같은 색의 콧수염까지.

"정말 괜찮아요. 앉으세요."

나는 두 손을 앞으로 뻗으며 대답했다.

"네가 계속 앉아 있던 거 다 봤어."

그의 서글한 눈매가 반달로 휘어지며 나를 장난스레 노려본다. 조그만 은색 구슬이 하나, 둘, 셋. 진주가 달린 검정 목걸이가 그의 목에 바짝 닿아 있다.

"그러니까 이제 당신이 앉아도 돼요."

"흐음."

그는 쉽게 대화를 끝낼 생각이 없어 보였다.

"너, 여기 얼마나 앉아 있었는데?"

나는 질문에 대답하는 대신 장난스럽게 눈썹을 들어 올려보였다.

"앉으세요, 전 어려서."

그의 친구들로 보이는 두 여자가 바 테이블에 몸을 기대고 있다가 동시에 푸핫, 하고 웃음을 터뜨렸다. 그는 믿을 수 없다는 듯이, 혹은 한방 먹었다는 듯이 입을 벌려 턱을 떨어뜨렸다.

"나도 어리거든!"

이후로도 우리의 의자를 두고 벌인 실랑이는 한참이나 계속되었다. 내 친구들은 아랑곳하지 않고 각자 칵테일을 든 채 계속 춤을 추고 있었다.

"당신이 늙었다고 말한 건 아니에요."

"나도 내가 늙었다고 생각하지 않아!"

"그러니까 의자 가져가도 된다고요."

"이제 더더욱 그렇게는 못 하겠어!"

그는 자신의 이름을 필립이라고 소개했다. 나이는 서른 중반쯤 되어 보였는데, 한눈에 봐도 장난기 많고 쾌활한 어른임이 분명했다. 서글서글한 인상의 그는 말할 때마다 눈썹을 과장되게 움직였고, 그 탓에 얇게 그을린 그의 이마 주름이 덩달아 생생하게 움직였다.

나와 필립은 결국 의자에 반반씩 엉덩이를 붙이고 앉기로 합의를 보았다. 나는 위로 한 번 눈동자를 굴리며 내가 졌다, 하는 표정을 지었다가, 그가 내민 잔에 내 잔을 부딪혔다. 프랑스 남부 출신이라는 필립의 눈동자는 회색이었다.

그는 자신의 친구들을 내게 소개해 주었다. 내내 우리가 실랑이를 벌이는 모습을 보고 웃으며 바 테이블에 기대어 있던 여자들이 맞았다. 모나와 케이티. 검은 생머리에 전체적으로 길쭉길쭉한 인상의 모나는 필립의 여자친구였고, 금발의 케이티는 그녀의 여동생이었다.

세 사람 모두 1년 동안의 휴식기를 보내는 중이라고 했다. 프랑스에는 그렇게 긴 휴가를 갖는 사람들이 있다고 어릴 적 TV 프로그램에서 본 적이 있는데 사실이었다.

이제 내가 내 친구들을 소개해 줄 차례였다.

"이 둘은 에디와 그레이스, 그리고 저 친구는……" 나는 잠시 눈을 의심하다가 말을 이었다. "로라예요."

어디서 난 건지, 커다란 소라고둥을 불고 있는 로라. 필립이 눈을 가늘게 뜨고 로라에게 손을 흔들었다. 그녀 역시 우리를 향해 손을 흔들었고, 양 볼에 앙증맞은 보조개가 파이도록 크게 미소 지었다. 보라카이에 온 이래로 그녀가 저렇게 행복해 보이는 순간이 있었나. 우리는 로라의 행복을 방해하지 않기로 했다. 모두들 커다랗게 웃으며 필립이 산 테킬라 잔을 시원하게 부딪혔다.

반쯤 벌거벗은 사람들과의 밤 수영, 통나무 전망대, 코코넛 아이스크림. 맞닿은 무릎과 손바닥. 언제부터 함께 있게 된 건지, 나를 번쩍 들어 올리는 독일에서 온 소년. 나는 그렇게 야자수 사이에 눕혀지고, 하늘에는 별과 달이 빛나고 있었다. 푸욱 삶아져 눅눅해진 세상 속, 미숫가루처럼 부드러운 모래 알갱이. 커다란 야자수 잎을 이불 삼아 듣던 바다의 시원한 한숨소리와 하늘 위 바다 한가운데서 바라보던 세상의 끝.

그날, 우리는 기억을 잃는 대신 많은 친구들을 사귀며 밤을 보냈다.

때마침 정각을 알리는 종소리가 더해진다. 그 소리에 가만히 귀 기울이고 있자니, 종을 치는 성당이 멀리 있는 것 같으면서도 또 가까이에 있을 것 같은 모호한 느낌이 들었다.

다섯 번의 종소리가 끝이 나자, 이번에는 아래층에서 두 남녀의 익숙한 목소리가 들려왔다. 입 안에서 맑게 터지는 듯한 프랑스어 특유의 발음에 나도 모르게 혀를 입천장에 대어 본다. 동그랗게 말아 보기도, 턱을 조금 떨어뜨려 공간을 넓게 만든 뒤 뻐끔거려 보기도 한다.

문득 오늘 하루 종일 아무것도 먹지 않았음을 깨닫자 위가 대답이라도 하듯 신호를 보냈다. 맞는다고, 일어나라고, 연료를 집어넣어 달라고. 몸을 반만 일으킨 채 머리맡 밑에 던져 둔 크로스백에 손을 뻗는다. 공항에서 사 온 곡물 빵이 있었다. 빵 봉지를 열자 할랄가이즈에서 접시 위에 얹어 주는 작은 세모 모양 빵과 비슷한 냄새가 났다.

촉촉한 듯 푸석한 빵을 씹으며 눈꺼풀을 두어 번 깜빡인다. 아래층에서 들려오는 두 남녀의 익숙한 목소리에 노랫소리 하나가 더해진다. 라디오를 타고 흐르는 느릿한 샹송. 다시 한번 되뇌어 본다. 여기는 뉴욕이 아니야. 부드럽게 일어나, 괜스레 코를 한번 훌쩍인다.

창밖으로 오래된 오토바이 한 대가 털털거리며 지나간다. 창문을 두드리는 빗방울 소리와 두 남녀의 웃음소리. 속삭이는 듯한 기타 소리와 여전히 물기를 머금고 있는 축축한 머리카락. 방 안의 모든 것이 이 더운 계절의 온도를 적당히 떨어뜨리고 있었다. 베개로 다시 얼굴을 파묻는다. 비가 오고 있어서인지, 입고 있는 잠옷 원피스를 갈아입기가 싫다.

얼마나 지났을까. 맛있는 음식 냄새와 함께 모나가 방으로 올라왔다. 내 이마를 쓰다듬으며 작은 목소리로 말을 건다.

"저녁 먹자, 수키."

침대에 걸터앉은 그녀의 무게만큼 기우는 나의 몸. 나의 머리칼을 천천히 쓸어 넘기는 모나의 따뜻한 손바닥을 고스란히 느끼고 있자니, 갓 태어난 새끼 고라니가 된 것만 같았다.

"좀 더 잘래. 방금 빵 한 봉지를 다 먹었어."

나는 엷은 미소를 입가에 띄우며 말하고, 감았던 눈을 슬며시 뜬다. 질문하는 모나.

"빵이 어디서 났어?"

"어제, 공항에서."

"으응."

고개를 끄덕이며 어두운 창밖을 바라본다. 나 역시, 창문으로 시선을 돌린다.

"잭은 요즘 어디래?"

"파리. 다음 주에 내려온다는데."

잭은 이곳에 처음 왔을 때 사귄 친구다. 진지한 연애에는 관심이 없다는 그는 시내에서 열리는 어느 파티에서든 얼굴을 볼 수 있었고, 매주 여자친구가 바뀌었다. 나중에 안 사실이지만 파리에서 모델로 활동하고 있다고 했다. 어쩐지 키도 크고 몸도 좋다 했더니.

3년 전, 모두가 행복했을 때에 우린, 골목 어귀진 곳에 숨어 있는 우중충한 바에서 거의 살다시피 했었다. 무수히 많은 잔을 들이킨 우리는 웃고, 마시고, 춤을 추고, 또 마시고, 거리의 습한 공기를 다 마셔버리기라도 할 듯 내달렸다.

"비가 와서 좋겠네."

숨을 내쉬며 말하는 모나.

내가 다시 편한 자세로 몸을 뉘며 고개를 끄덕이자, 내 쪽으로 홱 얼굴을 돌리고 장난스럽게 말을 잇는다.

"전생에 개구리였던 게 분명해."

"뭐라고?"

내가 화난 척하자 까르륵 웃는다. 이렇게 열정적으로 웃을 때마다 그녀의 콧잔등에는 자연스러운 주름이 잡힌다.

"르네는?"

내가 물었다.

"아래층에 있어."

르네는 항상 내 친구들과 잘 지냈다. 또래보다 성숙하고 언제나 정직한 내 동생. 친구들은 그런 르네를 좋아하고 아꼈다. 언니처럼, 오빠처럼, 가족처럼. 나는 마음이 편안해진다.

"비가 와서 버터컵도 좋은가 봐."

어느새 웃음을 멈춘 모나가 아직 전혀 부르지도 않은 배를 쓰다듬으며 말했다. 고개를 숙이자 귀에 꽂고 있던 옆머리가 사르륵 내려와 그녀의 얼굴을 반쯤 가린다.

버터컵(Buttercup)은 르네와 내가 함께 붙여 준 태명이다.

"태명이 뭐예요?"

르네의 질문. 출국 일주일 전, 비 오던 날의 영상 통화.

"그게 뭔데?"

딱히 배 속 태아에게 이름을 붙여 주는 개념이 없는 프랑스인들은 태명이라는 단어 자체를 낯설어 했다. 당황한 건 우리도 마찬가지였다. 열심히 동양 문화를 설명해 주며 그녀를 이해시켰다. 그러고는 잡지도 많이 읽고 영화 대사 하나하나를 자세히 살피며 밤낮으로 고민하다가 버터컵이라는 사랑스러운 이름을 내놓았다. 작은 컵 모양의 노란색 꽃에서 이름을 딴 것이었다. 다행히도 모나와 필립은 우리의 제안을 흔쾌히 받아들였다. 그토록 정열적인 두 사람이 이토록 사랑스러운 이름을 속삭이는 모습을 떠올리니 생각만 해도 간지러웠다. 아래층에서 르네와 함께 저녁 식사 준비를 하고 있을 필립의 장난기 어린 얼굴이 떠올랐다.

"인사해도 돼?"

내가 묻자, 배 위로 이리저리 손을 옮기며 대어 보는 모나.

그러고는 적당한 곳에서, "여기." 하고 말하며 내 오른손을 가져간다.

나는 그대로 몸을 일으켜 손을 올린 쪽으로 나의 옆얼굴을 가까이한다. 물기를 머금은 축축한 공기만이 방 안을 가득 메운다.

숨을 죽인 채 귀를 기울이자 규칙적인 심장 박동이 작게 들려왔다. 입을 벌린 채 조용히 숨을 들이마시며 고개만 살짝 들어 모나와 눈을 맞추었다. 쿠궁, 쿵. 쿠궁, 쿵. 윗입술과 아랫입술을 포개어 보아도 터져 나오는 미소. 배 속 바다, 생명이 숨을 쉰다.

"안녕, 버터컵. 난 수키야. S, U, K, I. 수키."

"버터컵, 인사해. 수키 이모야."

모나가 아주 오래전부터 아이를 갖고 싶어 했다는 것을 나는 잘 안다. 우리는 소중하게 배를 쓰다듬으며 그렇게 한참이나 버터컵에게 말을 걸었다.

"내일은 뭐해?"

갑작스러운 모나의 물음에 어깨를 으쓱하며 "글쎄." 하고 답하는 나. 그러자 그녀는 싱긋 웃더니 자신은 요리를 할 예정이라며 말을 이었다.

"케이티랑 토마를 초대했어. 오랜만에 다 같이 저녁 먹자."

나는 고개를 끄덕이며 케이티의 초콜릿 칩 쿠키를 떠올린다.

"도와줄게, 준비하는 거."

"고마워."

모나는 만족스러운 듯 한 번 더 내 이마를 쓰다듬었다. 그러고는 그대로 침대에서 몸을 일으키고 뒤돌아 계단을 내려가며 소리쳤다.

"양치하고 자!"

이 집에서 보내는 밤은 언제나 웃음소리로 가득했다. 어느 소설 속 주인공들이 안식을 위해 떠난 여행에서 결국에는 찾게 되는 파라다이스.

한때 그와 내가 만들어 낸 뜨거운 세상 속 출구가 되어 주었던 커다란 창문은, 동시에 많은 마음들의 입구가 되어 주기도 했다.

수없이 많은 상상을 하게 해 주던 창문. 그와 함께 수도 없이 떠들었던 지난날들에 대한 기억. 서로가 서로의 존재를 모르던 시절의 이야기들.

밤바람에 나무가 흔들리면 파도가 부서지는 소리가 났다.

"황혼의 부부가 된 기분이군."

다음 날 오후, 한창 식사 준비를 하던 중 필립이 서글서글한 웃음을 지으며 말했다.

아직 낮이었고, 집 안으로는 밝은 햇살이 어디든 들어 앉아 짧은 그림자를 만들어 내고 있었다. 약속 시간까지는 아직 여유가 있었다. 르네와 내게 레시피를 읽어 주고 있던 모나가 턱을 당겨 네모난 안경 위로 그를 올려다보자, 필립은 장난스러운 표정을 지으며 다시 입을 열었다.

"우리 딸들이 벌써 이리 어엿하게 컸군. 우리 딸들이 말이야, 이리도 어엿하게 컸어."

그는 홀홀홀, 하고 웃으며 나와 르네를 번갈아 보고 뿌듯한 듯 말했다.

필립은 시도 때도 없이 장난을 친다. 모나는 그런 그를 잘 받아준다. 그들은 올해로 벌써 연애 9년 차에 접어들었다. 르네는 가만히 레몬을 썻고, 나와 모나는 눈을 맞추며 못 말려, 하는 웃음을 지었다.

토마와 케이티는 속 재료를 넣은 파스타 반죽을 끓이고 있을 때 도착했다. 두 사람은 미라보광장에서 작은 카페를 함께 운영하는 귀여운 커플로, 어디든 함께하고 또 어디서든 벗고 있다. 그들의 카페 앞에는 커다란 이끼로 착각되는 분수대가 하나 있는데, 머리 위로 자그마한 물줄기가 퐁퐁 나오는 장면을 가까이에서 보아야만 그것이 분수인지 알 수 있었다.

우리는 차례대로 팔을 벌리고 서로에게 다가가 양 볼을 가볍게 맞댔다 떼며 인사를 건넸다.

"하나도 안 변했다, 수키!"

자신의 전매특허 초콜릿 칩 쿠키를 구워 온 케이티가 소리쳤다. 커다란 링 귀걸이를 하고 그들이 키우는 프렌치 불도그 푸실리를 클러치 들 듯 안고 있다. 모나가 이 쿠키 없이는 정말 살지 못하는 것을 아는 그녀는, 이렇게 저녁을 함께 먹을 때마다 한 트레이씩 구워 온다.

"조금 일찍 왔어요."

그 옆으로 멋쩍은 듯 서 있던, 유독 수줍음이 많은 토마. 보라색 볼캡을 돌리며 말하고는 선물로 가지고 온 스프리츠(Spritz, 와인을 베이스로 한 칵테일)를 필립에게 건넨다.

집 안에 사람이 늘자 생기는 배가 되었다. 모나와 필립, 토마와 케이티, 르네, 그리고 나. 나는 머릿속으로 북적북적한 사람 수를 세며 와인 잔을 닦았다. 이 집에서는 매일같이 이렇게 많은 사람들이 모여 식사를 하는 일이 흔했다. 와인 잔도, 물잔도, 찻잔도. 더 많은 사람들이 모인 날에도 절대 부족한 적이 없을 정도로 넉넉했다.

모두들 열려 있던 프렌치 창을 통해 바깥으로 나갔다.

야외에는 적당한 크기의 정원이 있었다. 제멋대로 아무데나 자라 있는 풀잎들 하며 한쪽 구석에 쌓여 있는 빈 화분들. 기다란 잎자루가 사람 키만큼 늘어지며 만들어 내고 있는 그늘과, 그 아래 자리를 지키고 있는 무거운 나무 탁자. 여섯 명 분으로 자리 맞추어 놓은 접시들과 투명한 유리잔의 옆 면으로 우거진 녹음이 비쳐 보였다. 가꿔 둔 곳은 그리 넓지 않았지만 정원 뒤편으로 여전히 커다란 나무들이 자라 있어, 마치 작은 정글 속에 들어와 있는 듯한 느낌이 났다.

필립이 한 사람, 한 사람에게 스프리츠를 따라 주기 시작했다.

"오랜만에 이렇게 모이니 좋네요."

한쪽 팔 전체를 문신으로 휘감은 토마가 잔을 들어 올리며 여전히 쑥스러운 듯 말했다. 기름진 갈색 머리를 양쪽 귀에 아무렇게나 꽂은 채, 할리데이비슨(Harley-Davidson)의 로고가 새겨진 검은색 반팔 티셔츠를 입고서.

"특히 먼 길을 와준 수키, 그리고 르네. 고마워. 있는 동안, 알지? 편히 쉬었다 가."

필립도 잔을 들어 올리며 말했다.

"초대해 줘서 고마워. 결혼 축하해."

"결혼 축하합니다!"

우리는 필립의 건배에 맞추어 다 같이 그 달짝지근한 주황빛 칵테일을 식전주로 마셨다. 커다란 가시 칠엽수 아래, 태양은 아직도 세상을 훤히 비추고 있었다.

프랑스 남쪽 마을에서 보내는 여름, 친구들과 매일같이 함께하는 저녁 식사. 그날도 딱 이런 계절이었다. 삐죽삐죽 자라난 풀잎들이 우리의 맨살을 부드럽게 긁어 대고, 작은 풀벌레들이 나는 소리가 소매에 배어들었다. 땀을 식힐 만한 건 필립의 시답잖은 농담뿐이었다.

— 수키.

기다란 촛대에 우윳빛 촛농이 흘러내리면, 포도주가 담긴 잔에는 어느새 물방울이 서려 있다.

"수우키."

목소리에 고개를 돌리자 턱 끝으로 부드럽게 한쪽을 가리키는 모나가, 그리고 그 너머로는 커다란 프렌치 창에 기대어 서 있는 잭이 보인다. 짙은 녹색 스웨트셔츠 차림의 잭. 나는 단번에 두 팔을 벌리고 친구에게 달려간다. 아득해지는 기억으로, 어느새 내 앞에 펼쳐지는 3년 전, 그날.

"좀 늦었지, 미안."

커다란 수국 다발을 건네며 잭이 말한다.

"전혀. 갑작스러운 초대였잖아."

꽃다발에 코를 파묻으며 깊은 숨을 들이쉰 내가 대답한다.

짙은 속눈썹과 도톰한 입술. 고른 갈색 피부와 깊은 눈동자를 가진 잭은 프랑스계 혼혈로, 누가 봐도 매력적인 청년이었다. 진중한 생김새와 다르게 놀 때만큼은 화끈한 그는, 매일 밤 온몸이 땀범벅이 될 정도로 춤을 추며 호탕하게 웃곤 했다.

나는 등 뒤로, 서로의 허리에 손을 감은 모나와 필립 커플이 우리를 향해 걸어오는 것을 의식했다.

"잭."

"모나, 필립."

그들은 차례대로 뺨을 맞대며 비쥬(Bisou)를 나눴다. 그들의 어깨 너머로, 토마와 케이티 커플이 쭈그려 앉아 나무 막대기로 갓 태어난 푸실리를 놀아주는 모습이 보였다.

"이것 좀 봐. 잭이 가지고 왔어."

하얀 수국 다발을 모나에게 보여주며 내가 말했다. 나와 잭을 번갈아 바라보며 뜨거운 눈빛을 보내고 있던 그녀가, 입을 활짝 벌리며 웃었다.

그때는 아직 모나가 한참 우리 두 사람을 엮으려고 하던 시절이었다. 요리를 하면서도 계속해서 나를 추궁했다. 잭과는 어떤 사이냐고. 그렇게 매일 밤마다 함께 놀러 나가면서 정말로 아무 일도 없었느냐고. 내가 우리 사이는 결코 그런 것이 아니라며, 여러 번에 걸쳐 한사코 부인했는데도 아무 소용이 없었다. "그렇게 매력적인 남녀가 서로 눈이 맞는 게, 나쁜 일은 아니잖아!" 치즈와 두부를 납작하게 뭉치며 말했다. 그녀는 좀처럼 의심의 눈초리를 거두지 않았다.

"들어와, 저 둘도 인사시켜줄게."

나는 잭에게 안으로 들어가자는 손짓을 하며 그렇게 말했다. 조그마한 프렌치 불도그에게서 여전히 눈을 떼지 못하고 있던 커플에게 데려갈 참이었다.

"잠시만."

따라오지 않던 잭. 대신 엄지손가락을 들어 올려 등 뒤의 현관을 가리키며 덧붙였다.

"금방 인사만 하고 올게."

"누구한테?"

"오후 내내 같이 있던 친구. 날 여기까지 태워다 줬어. 너도 같이 인사하러 갈래?"

3

모나의 라비올리. 파르미지아노 레지아노 치즈를 완전히 감싸안은, 그야말로 완벽 그 자체의 레몬색 반죽. 오븐에서 갓 나온 송어 구이와 노릇하게 익은 통마늘이 지글거리는 소리가 아직도 내 귀에 생생하다.

송어 구이와 파르미지아노 치즈를 넣은 라비올리. 내가 그를 처음 만난 날의 저녁 메뉴였다. 부엌에서 정원의 나무 테이블까지, 모두가 한마음 한뜻으로 치는 박수와 환호성. 포도주에 달아오른 우리들과, 좀처럼 가라앉지 않는 흥분. 축복이 흐르는 길, 미끄러지듯 부드러운 매미의 울음소리.

주황빛 식전주에 이어 햄으로 입맛을 돋운 우리는 뉘엿해진 해에 모두의 머리칼이 기분 좋은 황금빛으로 빛나기 시작할 즈음 저녁 식사를 시작했다. 함께 만든 음식 앞에서 손을 맞잡고, 기도를 하고, 포도주를 마셨다. 6월 말의 햇볕이 기분 좋게 덥혀 둔 공기. 필립이 피워 준 모기향에 통나무 주변으로 뿌연 안개가 피어올랐다.

금방 인사만 하고 오겠다는 잭의 말을 들은 모나와 필립

68

이 밖에 혼자 덩그러니 남겨진 사람을 그냥 돌려보낼 리가 없었다.

"같이 들어와서 저녁 먹자고 해요. 꼭 데리고 와요."

잭을 따라 밖으로 나가자 집 앞에 세워진 회색 오픈카가 보였다. 그다음으로는 자연스럽게 쓸어 넘긴 머리칼이, 잘생긴 이마가, 남색 셔츠가, 걷어 올린 소매가, 뒷좌석에 놓인 캐리어가 보였다. 그는 운전석에 앉아, 한쪽 팔을 차 문 밖으로 뻗은 채 휘파람을 불고 있었다.

생각보다 불량한 인상이었다. 불량하고 차가운 인상.

나는 그가 우리와 함께 들어가지 않을 거라고 생각했다. 어딘가 모르게 이런 시골 마을에는 어울리지 않는 사람처럼 보였다.

하지만 그는 우리를 발견하고는 이내 활짝 웃으며 모나와 필립의 호의를 흔쾌히 받아들였다.

"초대해 주셔서 고맙습니다. 리버라고 합니다."

잭의 친구가 말했다.

나는 잭이 준 수국 꽃다발을 안은 채, 다른 손에 들고 있던 스프리츠를 말없이 홀짝였다.

"별로 멀지 않다고 해서 왔는데, 도착하고 보니 엄청 먼 곳이었네요."

그는 나와 같은 미국인으로, 이방인이었다. 잭이 파리로 가

버린 이후로 꽤 오랜만에 보는 것이긴 하지만, 둘은 서로가 어릴 적부터 오랜 친구 사이라고 했다. 아무리 그래도 파리에서 몇 달간 지낼 생각이었다면서, 고작 잭 하나만 믿고 뉴욕에서 날아왔다는 사람은 처음 보았다. 들어보니 잭은 그날 아침에도 느지막이 눈을 떠 저녁 약속이 있다고 외치고는 그 사람까지 엑상프로방스로 끌어들인 것이었다.

오늘 막 이곳에 도착한 그는 쉬지도 않고 곧바로 마을을 구경했다고 했다. 생 소뵈르 성당을 방문하고, 미라보광장을 걷고. 그러다 마켓에서 수국을 샀다고 덧붙였다.

그는 그렇게 말하며 내 앞에 놓인 수국 다발을 바라보았다. 그의 한쪽 뺨 위로 주황빛 태양이 내려앉았다.

"뭐, 이런 여행도 있는 거죠."

그러고는 다시 한번 활짝 웃었다.

다음 날 오후에도 그 미국인을 다시 볼 수 있었다. 그는 점심 즈음 잭과 함께 자신의 오픈카를 타고 돌아왔다. 나는 플라타너스 아래 벤치에 누워 소설을 읽고 있던 중이었다.

"덥지 않아?"

잭이 내 쪽으로 걸어오며 물었다.

뜨거운 태양에 절로 눈살이 찌푸려지는 날씨였지만, 이 나무 그늘 아래에 있으면 그나마 다른 곳보다 공기가 섭씨 2도는 더 낮게 느껴졌다.

"응, 나 좀 구해줘!"

책을 배 위에 올린 채 그를 향해 소리쳤다. 긴 다리로 성큼성큼 걸어오는 잭. 나무 그늘보다 조금 더 짙은 그늘이 만들어졌다.

"뭐 읽고 있어?"

"연애 소설. 재미있어. 다 읽고 빌려줄게."

나는 집 안으로 들어가는 잭의 미국인 친구를 의식하며 그렇게 대답했다. 하지만 그는 이쪽을 흘깃 보며 잭과 눈짓을 한번 주고받을 뿐, 아무 말 없이 집 안으로 쓱 들어가 버렸다. 부드럽게 흔들리던 뒷머리칼에 나는 왜인지 모를 아쉬움을 느꼈다.

잭은 새롭게 볼 쪽에 기르고 있던 수염을 양 손바닥으로 쓸며 슬슬 고개를 저었다. 그러고는 남자들끼리 호수에 다녀올 것이라 말했다. 내게 함께 가지 않겠느냐고 물었지만, 나는 배 위에 올려둔 소설을 다시 들어 보이는 것으로 대답을 대신했다.

반바지를 입은 필립이 모나의 어깨에 팔을 두르며 밖으로 나왔다. 두 사람은 대문 앞에서 몇 번이나 가볍게 입을 맞췄다. 머지않아 토마와 케이티 커플이 도착했고, 모두 다시 한집에 모였다. 한바탕 왁자지껄하더니만 남자들만을 태운 회색 오픈카가 우렁찬 소리를 내며 출발했다. 그날따라 자동차가 골목을 빠져나가며 내는 돌자갈 밟는 소리가 유난히도 선명하게 들렸다. 은근하게 불어오는 바람에 옆에 놓인 블루스타 핀 화분이 흔들렸고, 나는 그 덕에 읽던 책을 들어 근근이 몇 장을 더 넘긴 뒤 자리에서 몸을 일으켰다.

두어 시간쯤 지났을까, 물놀이를 마친 남자들이 돌아왔다. 머리끝부터 발끝까지 홀딱 젖은 모습에 그들끼리 묘하게 돈독해져 있음을 느낄 수 있었다. 특히나 토마가 리버를 따르게 된 것 같았다. 아무튼 보기 좋은 모습이었다. 그들이 그렇게 재미있어하는 모습을 보니 나도 덩달아 신이 났다. 다음 주에는 다 같이 물놀이를 가기로 했다. 아예 날을 잡고 계곡으로 놀러 가서 멜론도 잘라 먹고 술도 마시고, 누가 숨을 가장 오래 참는지 내기도 하기로 약속했다. 저녁으로는 피자를 먹고 영화를 봤다. 특별한 일은 일어나지 않았다. 모나가 잭에게 자고 가기를 권했지만 그는 가봐야 한다고 했고, 리버가 그를 집까지 바래다주겠다고 했다.

"만나서 반가웠습니다."

토마와 가벼운 포옹을 하고 떠날 채비를 하던 그가 내게 정중히 손을 내밀었다. 처음으로 내게 먼저 말을 건 순간이었으리라. 나는 당황한 티를 내지 않으려 최선을 다하며 그가 내민 손을 잡았다. 그 순간이 어떻게 지나갔는지도 모를 정도로 빠른 인사였다.

"저도요."

그의 자동차가 골목을 꺾는 것을 끝까지 바라보다 방으로 올라왔다.

"그 사람, 수키 보려고 오늘도 온 것 같던데."

그날 저녁, 모나가 달팽이 점액처럼 찐득한 마스크 팩을 손으로 두드리며 내 방을 찾아와 말했다. 나는 얼음물을 입안에 머금고 못 들은 척, 고개를 돌려 그녀를 쳐다보았다. 천천히, 과장해서 입을 뻥긋거리며 했던 말을 한 번 더 반복하는 모나.

"잭 친구, 리버, 너 보려고 오늘 한 번 더 온 거라구."

"날? 왜?"

심장이 두근거렸다. 목구멍으로 넘어가는 차가운 물이 생생하게 느껴졌다.

"글쎄, 나도 방금 필립한테 들었어. 나는 잭이랑 잘 돼가는 줄 알았더니, 너희 진짜 아니었구나?"

"우리는 정말 아니라니까."

나는 잭이 아닌 그에 대한 이야기를 이어가고 싶었다. 더 많은 정보를 원했다. 내게 필요한 줄 몰랐지만 무엇보다 간절히 바라던 말들이었다.

"잭한테 들었는데, 그 친구는 학교 졸업하고 놀러 온 거라 곧 아버지 회사로 들어가야 된다고 하더라. 건설 쪽이라고 했던 것 같은데…… 어떻게 뉴욕에서 파리까지 잭만 믿고 날아올 수가 있지."

나는 차가운 감촉의 이불을 가슴께로 끌어올리며 웃음을 지어 보였다. 머릿속으로는 이곳 엑상프로방스에 언제까지 있을 예정인지 궁금해하면서.

"여하튼 여기에는 잠깐만 있다가 몇 주 뒤에 다시 같이 파리로 갈 거래."

궁금증 해결. 나는 잠자코 아무런 관심이 없는 척했다.

"어땠는데, 수키는?"

비스듬히 닫혀 있는 창을 바라보며 고개만 끄덕이고 있을 때, 모나가 마스크 팩을 얼굴에서 떼어내며 나의 의견을 물었다.

"리버?"

"응."

눈을 반짝이며 내 대답을 기다리는 모나. 나는 그녀에게서 눈을 뗀 뒤 고개를 돌려 창가를 바라보며 무슨 대답이 가장 효과적일지 최선을 다해 머리를 굴렸다. 하지만 뭐라고 말해야 할지 몰랐다. 그 사람과 나 사이에 일어난 일이 아직은 아무것도 없었으니까.

"글쎄."

나는 침대에서 내려와, 창문을 열고 말을 잇는다.

"잭 친구잖아. 몸은 좋아 보이더라."

까르륵. 동시에 터뜨리는 웃음. 귀뚜라미 소리가 방 안으로 흘러 들어온다.

"다음에 다시 오면 그때 또 자세히 얘기하자."

모나는 내게 다가와 뺨을 두 번 맞댄 뒤 필립이 기다리고 있는 방으로 돌아가기 위해 몸을 돌렸다.

"그러자."

나는 혼자가 되어, 방 안을 가득 메우는 귀뚜라미 소리를 들으며 가만히 천장을 바라봤다.

나는 그가 차에서 내릴 때 신고 있던 회색 에스파듀와 말끔한 아킬레스건을 보았다. 잘 다려진 감람색 셔츠와 흰 코튼 팬츠도 보았고, 적당히 긴 머리칼을 부드럽게 쓸어 넘길 때마다 살짝 찌푸려지던 미간은 특히나 눈여겨보았다. 눈. 푸른 눈동자. 중심부에 노란색이 섞인, 푸르스름하고 맑은 눈동자. 그가 마지막에 내게 인사를 한 것을 떠올렸다. 그가 내민 손이 다시금 눈앞에 보이는 듯했다. 쥐고 있던 물잔 아래로 아까 잡은 그의 손이 느껴졌다. 어느새 나는 다시 한번 그 손을 잡고 있었다.

리버. 리—버.

입술이 한 번 부딪혀 나는 소리. 그의 이름을 발음하는 데에는 큰 노력이 들지 않았다. 그날 밤, 나는 침대에 혼자 누워 한참을 뒤척였다.

우리는 그 후로 꽤 자주 보았다. 잭이 올 때면 늘 리버가 함께 왔고, 그러면 토마와 케이티도 왔다. 손님이 집에 있는 것을 좋아하는 모나는 매일같이 새로운 요리를 시도했고, 나와 필립은 항상 최선을 다해 그녀를 도왔다.

마리나 디 키오자 품종의 호박, 민트와 키위, 한련이 들어 간 코코넛 타피오카 푸딩. 우리는 문어를 마사지하듯 고기를 주물렀다. 라 띠엘(La tielle, 문어나 다른 해산물을 얹은 파이의 일종)의 사랑을 담아.

다 같이 저녁 식사를 하다가 그가 뭘 하고 있나 궁금해 고 개를 돌리면 그도 날 바라보고 있었고, 그럴 때마다 심장이 쿵쿵거렸다. 아삭한 샬롯과 바삭하게 구운 노루궁둥이 버섯. 딸기 잼, 리치, 라벤더 소르베.

언젠가부터 잭 없이도 리버 혼자 집에 들르는 일이 잦아졌 고, 그럴 때면 모나와 필립은 알아서 자리를 비켜주었다. 우 리는 그렇게 자연스럽게 가까워졌다.

영화를 보러 간 어느 날이었다.

작은 마을이라 좌석도 좁고 상영관도 한 개뿐이었는데, 나 는 오히려 그런 점에서 그 영화관을 좋아했다. 항상 오래된 프 랑스 영화만을 상영하더니 그날은 어쩐 일인지 미국 영화를 틀어 주었다. 존 트라볼타와 제이미 리 커티스가 나오는 〈퍼 펙트(Perfect)〉.

우리는 흰색 바탕에 강렬한 빨간색 세로 줄무늬가 그려진 팝콘 통을 각자 한 개씩 들고 상영관 앞에 서 있던 직원에게 영화 티켓을 내밀었다. 직원은 정사각형의 네모난 영수증 같은 영화표를 한번 슥 확인하더니, 죽 찢어 우리에게 다시 돌려주었다. 아무튼, 중요한 것은 그게 아니었다.

"되게 젊다."

상영기가 돌아가며 영화가 시작되고, 그가 내 쪽으로 고개를 돌려 속삭였다. 지금은 모두 지긋해진 배우들을 보고 한 말이었다. 나는 고개를 끄덕였다. 영화관 뒤쪽에서부터 앞을 향해 꽂히는 빛에 그와 나의 머리칼이 투명하게 반짝였다.

"몇 년도 영화라고요?"

내가 물었다.

"85년. 1985년."

그가 시선을 앞으로 고정한 채 대답했다.

우리는 영화를 보는 내내 그렇게 귓속말을 주고받았다. 시선을 앞으로 고정한 채, 속닥속닥. 화면의 밝은 빛이 그의 이마와 눈썹 뼈와 광대뼈, 양쪽 뺨과 콧잔등, 그리고 입술에 하얗게 반사되는 것을, 나는 힐끔힐끔 곁눈질로 아껴 보았다.

그러다 어느 시점부터였는지 그는 내가 무언가 말하려고만 하면 고개를 아예 내 쪽으로 틀어 이마를 가까이 가져다 대었는데, 그럴 때마다 그의 커다란 몸이 함께 움직이는 탓에 나는 온 정신을 빼앗겼다. 그의 목을 볼 때마다, 그리고 그의 어깨와 목 사이에서 느껴지는 따끈한 체온이 숨결에 불어올 때마다 나는 여러 번 하려던 말을 잊었다. 숨을 크게 들이쉬고 싶어 미치는 줄 알았다. 인상을 찌푸리고, 영화 장면에 말을 잇지 못해 감탄하는 척을 할 수밖에 없었다. 영화를 보는 두 시간 동안 내게는 퍼석한 팝콘을 집는 소리, 아니면 심장이 뛰는 소리 둘 중 하나였다.

영화를 다 보고는 친구들을 만나러 갔다. 그들은 레스토랑에 이미 도착해 우리를 기다리고 있을 터였다.

레스토랑으로 가는 길에 우리는 손이 자주 부딪혔다. 첫 번째 부딪혔을 때에는 아주 자연스럽게 모른 척 넘어갔지만 두번째, 세 번째 부딪혔을 때에는 슬슬 기대가 되기 시작했다. 일전에 잡아 보기는 잡아 보았어도 그건 인사였고 이번에는 달랐다. 걷다가 손등이 부딪히는 것은 무언가 특별했다. 닿았던 손등에서 마치 전기가 통하는 것 같았다.

이제 나의 온 신경은 그의 곧은 손가락으로 향했다. 그가먼저 용기를 내어 손을 잡아주기를 간절히 바랐다. 마음속으로 간절히 바랐지만 표정으로는 모르는 척했다. 수면 아래로다리가 빠져라 발길질을 해대는 오리 같은 심정이었다. 뼈마디, 힘줄과 핏줄, 짧은 손톱과 그 아래로 약간 불그스름하게비쳐 보이는 연한 살들. 누가 내 마음 좀 알아줘요. 나 혼자서우리 사이 팽팽한 긴장감을 느끼고 있었다.

그러다 드디어, 초콜릿 가게 앞을 지나고 있을 때였다. 아니, 비누 가게였나? 그런 내 마음을 알아채기라도 한 듯, 네번째 부딪힘과 동시에 그가 내 손을 잡았다! 심장이 마구 뛰었다. 그의 곧은 손가락이 미끄러지듯 내 손바닥을 감쌌다.

원하던 것이 이루어지는 마법 같은 순간이었다. 나는 최대한 아무렇지 않은 척, 겸손한 표정을 하고 왼편에서 그를 올려다보았다. 그는 오른편에서 내게 고개를 돌렸다. 눈 아래로 밤거리를 밝히고 있던 그 거리의 모든 조명. 그 모든 빛을 내가 다 머금고 있는 것만 같았다. 손 하나 잡았을 뿐인데.

저녁 식사 자리에서 우리는 아주 자연스럽게 행동했다. 적어도 나는 그런 줄 알았다. *우린 그저 오래된 영화를 보고 온 미국인 둘일뿐이야.* 아티초크 위에는 파르마산 치즈가 작은 베개처럼 뿌려져 있었다. *우린 그저 오래된 영화를 보고 온 미국인 둘일뿐이야.* 모두가 취해 노래를 부르며 자리에서 일어났을 때 즈음, 우리는 몰래 다시 손을 잡았다. 테이블 아래로 겹쳐진 두 손에 마음속 얼음조각들이 사르르 녹는 듯했다.

나중에 모나에게 듣고 보니, 그곳에 있던 모두가 당연히 알고 있었다고 했다. 모르는 사람은 바보였다.

모르는 사람은 바보.

한동안 침대에 누워 그 말을 되뇔 때마다 나도 모르게 웃음이 났다.

시내에 다녀오면서 나는 그에게 책을 하나 선물했다. 책 이름은 〈냉정과 열정 사이(冷情と情熱のあいだ)〉. 내 마음이 커져가기 시작했다는 증거였다.

영원한 사랑을 위하여!

책 표지에 그렇게 쓴 뒤 붉은 리본으로 한 번 감싸 그에게 건넸다. 아주 없지는 않았겠지만, 우리의 사랑이 영원하길 바라는 마음에서 그렇게 쓴 것은 아니었다. 내가 5년째 여름마다 당연하게 꺼내 읽는 일본 소설을 선물하며, 그 앞에 적기에 가장 알맞은 말이라고 생각되어 그렇게 쓴 것이었다. 아무에게도 이렇게 책을 선물한 적은 없었지만 그에게는 하고 싶었다. 해도 될 것 같았다.

일본식 어묵 바에서는 라라라 러브 송이 라디오를 통해 흘러나오고 있었고, 우리는 시원한 하이볼을 마셨다. 식당 모든 좌석이 카운터로 되어 있는 덕에 그의 붉은 입술을 가까이서 볼 수 있어 좋았다. 그리고 앙증맞을 정도로 비좁은 식당에 여럿이 붙어 앉은 덕에 그의 차가울 정도로 창백한 피부색과 헤어 라인, 부드러운 머리칼 한 올 한 올을 자세히 볼 수 있어 좋았다. 그는 그날도 머리를 멀끔하게 넘기고, 검은색 반팔 티셔츠에 베이지색 코튼 진을 입고 있었다. 사람들이 바 안을 오갈 때마다 그는 팔을 뻗어 나를 보호했고, 나는 허리를 꼿꼿하게 펴고 앉아 최대한 얌전한 척을 했다.

그와 말을 주고받는 시간에는 웃음이 끊이질 않았다. 그뿐만 아니라 그와 말을 주고받고 난 후의 일과 동안에도 웃음은 피식피식 새어 나왔다. 참 이상한 일이었다. 나는 그에게 매일 이름을 불러 달라고 말했다. 그러면 그는 일도 아니라는 듯, 모든 문장에 내 이름을 넣는 것을 잊지 않았다.

굿모닝, 수키! 주말엔 강을 보러 가자.

뭐 먹고 싶은 것 있어, 수키?(나는 이 말을 가장 좋아했다.)

수키, 너는 참 부드럽다.

수키, 수키, 수우키.

그는 내가 바라는 모든 것이었다. 부드러운 비단 뱀처럼 그의 입술에서 흘러내리던 나의 이름은, 세상 그 어떤 노랫말보다도 기분 좋게 들렸다. 집에 돌아와서는 꼭 일기를 썼다.

그는 내가 책을 선물한 바로 다음 날 단숨에 다 읽었다. 그러고는 시키지도 않는데 책에 대한 감상을 이야기했다.

"알지만 말로 다 표현하지 못하는 감정 같아."

그는 말로 다 표현하지 못하겠다면서, 계속해서 말로 표현하고 싶어 했다.

"수키는 어떤 부분이 제일 슬펐어?"

내가 좋아하는 소설을 그도 좋아한다는 것에 기분이 좋았다. 이렇게 하나둘, 내가 좋아하는 것을 그에게 말하고 싶었다. 할 수만 있다면 밤을 새워서라도 이야기하고 싶었다. 우리는 꿈에서라도 두오모를 함께 올랐다.

차근차근, 그렇게 모든 것을 공유했다. 별다를 것 없는 한 사람이, 별다를 것 없는 일상 속에서 그렁그렁 살아온 이야기. 다른 곳도 아니고, 내가 나고 자란 미국 안에서 그가 겪은 일들. 가장 좋아하는 아침 식사나 가장 좋아하는 베이글의 조합, 선호하는 우유의 종류라든가, 가장 좋아하는 훔무스라든가, 가장 좋아하는 뉴욕의 피체리아 같은 것들.

웬만한 건 다 알 만했지만 우리는 그렇게 시시콜콜한 것이야말로 특별한 것이라 여겼다. 그와 난 남프랑스의 작은 마을에서 어쩌다 만난 두 점에 불과했지만, 그 신비로운 정글과도 같던 끝없는 대화 속에서 나는, 운명과도 같은 사랑이 정말로 존재하는구나 하고 생각했다.

"지금이 어쩌면 가까운 미래 중에서 마지막일지도 모를 자유가 아닐까."

마지막 자유. 회사 생활을 시작한다는 것에 대해 리버는 꼭 그렇게 진지하게 말해야만 하는 듯했다. 웃기고 또 귀엽다고 생각했다. 이 긴 여행을 마친 후 뉴욕으로 돌아가면 이제는 일본으로 보내질 확률이 가장 높다고 말했다.

"저런."

나는 그에게 사막에 대한 모든 것을 알려 주었다. 어릴 적에 땅은 노랗고 산은 빨간색인 줄로 알았던 이야기부터, 뉴욕으로 이사를 와서 쉴 새 없이 울려 대는 사이렌 소리와 추운 크리스마스보다도 힘들었던 것이 가장 좋아하던 멕시칸 푸드 전문점을 대체할 만한 타퀘리아를 새로 찾아야만 했던 일이라는 것. 부모님 이야기. 두 분 다 한국인으로, 대학원 유학을 하며 미국에서 만나셨다는 것, 아빠가 하는 일 때문에 자연스럽게 미국에서 결혼을 하게 되었다는 것, 그 뒤로 내가 태어나고 르네가 태어났다는 것, 할머니 할아버지를 뵈러 아주 가끔 한국을 방문하고 있긴 하지만, 하여튼 그래서 나는 혼혈은 아니라는 것. 지금 다니고 있는 학교, 모나와 필립을 만난 보라카이, 르네가 키우던 두 마리의 고슴도치와 크레스티드 게코 도마뱀에 대한 이야기도 빼놓지 않고 말해 주었다.

"피자를 먹겠다면서 끄트머리를 남기는 사람은 이해할 수가 없어."

"동의해. 레드 와인은 머리가 아프다며 화이트 와인만 고집하는 사람도."

"사실 화이트 와인에 두통을 유발하는 성분이 더 들어 있는 줄은 꿈에도 모르지."

"내 말이!"

"파티에 다녀온 뒤 침대에 누울 땐 적어도 신발 정도는 벗어야 하는 것도."

"내 말이!"

스무 살의 나는 엑상프로방스의 뜨거운 태양 아래에서 나를 쳐다보며 눈이 부시게 웃던, 그런 리버를 광폭적으로 사랑했다. 세상에 영어를 할 줄 아는 사람은 많았지만 내 말을 이해하는 사람은 리버만이 유일하다고 생각했다. 그냥 가만히 앉아만 있어도 시간은 아주 빠르게 흘렀다.

"내가 도망친 곳에 이런 낙원이 있을 줄이야."

저녁 어스름이 깔리기 시작한 마로니에 나무 아래. 생각에 잠겨 있던 리버는 이렇게 덧붙였다.

"Mon paradis, 수키는 나의 낙원이야."

정신을 차려보면 어느새 새가 지저귀고 있었고 해가 뜨기 직전이었다. 매일을 행복하게 잠에 들었다. 결코 사라지지 않을, 오래도록 기억될 무언가를 품에 가득 안은 채.

왜 이렇게 좋지?

이건 그 시절 입에 달고 살던 말이다.

드디어 계곡을 가기로 한 날이 되었다. 아침부터 너 나 할 것 없이 모두가 분주했다. 모나가 특히나 바빴다. 전날 밤부터 간식거리를 준비하느라 부엌에선 밤을 졸이는 냄새가 은은하게 퍼졌다.

"네 진 마음에 들어."

"아, 고마워."

크림색 브라 탑 위로 검은색 트위드 재킷을 걸친 나를 보며 잭이 말했다. 이제 내가 잭을 칭찬할 차례였다.

"음……."

상의를 탈의한 채 바지만을 입고 있던 잭. 짧게 자른 머리와 고른 갈색 피부로 포장된 탄탄한 몸을 뽐내며, 부엌 아일랜드에 한 팔을 걸친 채 서 있었다. 나는 딱히 차림이랄 것도 없는 상태의 그에게 무슨 칭찬을 해야 할지 몰라, 살짝 마른 떠운 뒤 천천히 고개를 끄덕이며 입을 열었다.

"나도 네 진이 참 마음에 들어."

다음 말을 기다리던 잭은 내가 고작 그런 말을 하자 기분이 상한 듯 가자미눈을 했고, 나 역시 눈을 한번 흘긴 뒤 우리는 뒤를 돌아 각자 갈 길을 갔다.

식물에 물을 주고 있던 케이티가 나를 소파로 데려가 자리에 앉혔다. 그러고는 머리를 양쪽으로 땋아 주기 시작했다. 필립은 투명한 플라스틱 스포츠 백에 오색찬란한 수영복 바지를 챙겼고, 토마는 그런 필립의 옆에 서서 푸실리를 안아 올렸다.

머리 땋기가 다 완성되자, 케이티가 내게 손거울을 내밀었다. 얼기설기 땋은 머리에 잔머리가 삐죽삐죽 나와 있었지만, 그런 것 또한 사랑스럽게 느껴졌다. 나는 굉장히 마음에 들어 하며 케이티를 껴안았고, 그녀와 함께 밖으로 나갔다. 천장에 달려 있던 날개가 커다란 선풍기가 느리게 돌아가며 가느다란 바람을 만들었다.

열려 있던 문을 지나자 그날도 역시나 뜨거운 햇살이 머리 위로 쏟아졌다. 햇살은 뜨겁지만 건조한 바람이 불어오는 것이, 물놀이를 하기에 딱 알맞은 날씨였다.

"이것 좀 봐, 예쁘지!"

케이티가 리버를 향해 소리쳤다.

그녀의 목소리에 차 뒷좌석을 열심히 정리하고 있던 리버가 우리 쪽을 향해 몸을 돌렸다. 눈부신 햇살에 인상을 찌푸리며 벌어진 입술은 우리를 발견하고는 이내 환한 미소가 되었다.

나는 옅은 미소를 띠우며 케이티와 함께 그에게로 걸어갔다. 그리고 그의 앞에 도착했을 때 당당하게 고개를 치켜들었다.

"예쁘다."

활짝 웃으며 리버가 말했다. 태양빛이 머리카락을 타고 금빛 테두리 만들어냈다. 그 순간은 지금에 와서 생각해 봐도 당장 일기에 옮기고 싶은 장면이었다.

우리는 모나가 발톱을 다 깎을 때까지 기다린 뒤 출발했다. 필립이 모나에게 다가가 그런 건 좀 미리미리 할 수 없느냐고 핀잔 아닌 핀잔을 주었고, 모나 역시 지지 않고 "밤새 당신이 좋아하는 간식 만들겠다고 밤을 조리느라 못 한 것 아니야!" 하고 맞받아치는 바람에 둘 사이의 언성이 좀 높아지기는 했지만, 금세 꼬리를 내린 필립이 서글서글한 눈웃음을 지으며 모나의 볼에 가벼운 입맞춤을 한 뒤 그녀의 발톱을 정성스레 깎아 주면서 잘 마무리가 되어 나머지 사람들은 가슴을 쓸어내리며 가만히 차로 짐을 옮겨 실었다.

우리는 3명씩 나눠 리버와 필립이 운전하는 차에 올라탔다. 리버의 차에는 잭과 나, 잭의 일일 여자친구인 A가, 필립의 차에는 모나와 케이티, 토마가 탔다.

A는 육감적인 몸매의 여자였다. 잭은 자신의 연애에 대해 일일이 설명해 주는 편이 아니라 그 내막은 잘 모르겠지만,

어쨌든 내가 느끼기엔 지난주에 데리고 왔던 M보다는 훨씬 쾌활한 사람 같았다.

계곡까지 가며 커다란 라벤더 밭을 지났다. 라벤더는 북풍으로 인해 급하게 시들어 버린 모양이었지만, 맑은 하늘에 바람이 불 때마다 은은한 보랏빛이 흔들리는 모습은 여전히 아름다웠다. 케이티가 머리를 땋아준 덕에 열린 창문으로 아무리 바람이 들이쳐도 머리가 헝클어지지 않아 다행이었다. 울렁울렁. 우리 옆으로 커다란 라벤더 파도가 쳤다.

숲속으로 들어가 폭포 소리가 들리는 적당한 곳에 차를 세웠다. 십여 분 정도 걸었을까. 거센 물소리가 더욱더 가까워지더니 커다랗고 무성한 수풀 사이로 계곡이 나타났다.

나무들은 하나같이 거대하고 싱싱했다.

주렁주렁 바나나가 매달려 있다고 해도 믿을 만했다. 홍콩야자, 아레카 야자, 물푸레나무, 버드나무. 커다랗고 치렁치렁한 나무들을 다 떠올려 봤지만 그런 크기의 나무들은 한 번도 본 적이 없었다. 아무튼 내가 알고 있거나 본 적이 있는 그 어떤 나무도 아니었을 것이다. 그 나무들은 바나나 나무처럼 잎사귀가 넓적하고 기다라면서 흐드러진 수양버들 같기도 했고, 햇빛이 바로 비추는 곳에는 뾰족하고 귀여운 초록 잎사귀들이 새초롬하게 돋아나 있기도 했다.

먹물 식빵 같은 바위들에 물살이 부딪히며 만들어 내는 소리가 시원하게 울려 퍼졌다.

나무도 나무였지만, 그 바위들. 아, 그 커다랗고 까만 바위들은 모두 하나같이 물에 푸욱 젖어 매끄럽고 보드랗게 빛나고 있었다. 군데군데 자라난 이끼들이 표면에서 오묘한 녹색을 띠었다. 당장이라도 그 위에 올라가 나의 연약한 발바닥을 디디고 싶었다.

우리는 오랜 시간 그 자리를 지키며 우리를 기다리고 있었을 것들의 크기와 건강함에 압도되어 다 함께 손을 모았다.

"우리에게 필요한 평화를 이곳에 준비해 주셔서 고맙습니다."

기도가 끝나자마자 우리 모두 훌렁훌렁 옷을 벗고 지체 없이 물속으로 달려들었다. 새들이 노래하는 소리, 군데군데 쪼개지는 투명한 햇빛, 물이 물을 때리며 흔들려 보이던 나의 발. 시릴 정도로 차가운 계곡물에 정신이 번쩍 뜨였다. 하지만 우리의 체온으로 물이 덥혀진 건지, 아니면 차가운 물에 우리의 체온이 맞춰진 건지 몰라도 이내 괜찮아졌다.

계곡의 중앙에는 계단처럼 층이 나뉘는 곳이 있었다. 아래로는 작은 폭포같이 물살이 거세게 쳤는데, 토마와 케이티 커플이 그곳에 있는 바위로 올라가 앉았다. 갑자기 케이티가 등 뒤로 손을 돌려 후크를 풀더니 위에 입고 있던 수영복을 벗어던졌다. 그녀의 단발머리가 뒤로 시원하게 날렸고, 이제 더는 아무것도 날릴 것이 없는 상태가 되었다. 멀끔하게 드러난 목덜미와 가슴을 가려줄 것 또한 거센 물살 말고는 아무것도 없었다. 그녀가 개운한 듯 활짝 웃으며 양팔을 위로 들어 만세를 했다. 신이 난 토마가 환호를 질렀다. 메아리가 바위에 부딪혀 퍼져 나갔다. 환희, 그 자체였다.

지켜보며 박수를 치던 우리 역시 그들의 자유로움에 이끌려 걸치고 있던 것들을 모두 벗어던지고 작은 폭포 아래로 뛰어들었다. 모나와 나, 그리고 잭의 일일 여자친구 A. 누가 먼저랄 것도 없었다. 우리는 모두 눈을 감고 폭포가 불어 주는 바람을 만끽했다. 여름을 지내는 동안 뙤약볕 아래 그을린 양뺨과 팔을 하늘 위로 번쩍 들어 올리자, 그간 옷 속에 숨겨져 있느라 여전히 뽀얀 겨드랑이가 드러났다. 그 아무도 개의치 않았다. 그곳에 있던 새초롬한 잎사귀들도 우리를 보며 행복해했다.

물 밖으로 나오자, 폭포에 뛰어들지 않았던 이들이 바구니에서 간식을 꺼내고 있었다. 우리는 필립이 가져온 멜론 위에 얇은 하몽을 올려 먹었다. 잠시 후 리버가 커다란 타월을 펼치며 다가와 나를 감싸안았고, 나는 그 비치타월 안에서 몸을 돌돌 말아 행복한 부리토가 되었다.

"해 지기 전에 돌아가자. 감기 걸려."

풀밭에 누워 말하는 그의 얼굴 위로 나뭇잎에 가려진 햇살이 마구 흔들렸다. 내가 그를 참 많이 좋아하게 되었다고 생각했다.

그는 운전을 할 때에도, 우리가 음악을 듣고 있을 때에도, 내가 말을 걸면 음악 소리를 확 낮추어 내 목소리에 귀를 기울였다.

"이 향 어디서 나는 거지? 방향제는 아닌 것 같은데."

집으로 돌아오는 길, 차 안에서 내가 혼잣말처럼 중얼거린 말이었다. 그의 납작한 회색 차 안, 건조할 정도로 으슬으슬한 저녁 바람. 음악 소리가 확 줄어들고, 내가 가장 좋아하는 목소리가 들려온다.

"왜?"

흘러가는 깜빡이 소리에 맞춰 똑딱대던 나의 마음. 나는 고개를 돌려 얼굴을 바라보며 대답한다.

"좋아서."

"아, 이거 말하는 건가?"

때마침 빨간색으로 바뀐 신호. 그가 브레이크를 밟고 왼쪽 손목을 걷어 내 코앞까지 가져다 댔다.

"이렇게 직접 맡으니까 좀 다른데?"

내가 미간을 살짝 좁히며 말했다.

"여전히 좋다고 하는 거 맞지?"

그도 미간을 살짝 좁히며 물었다.

"맞아. 약간……."

"약간?"

"……후추 향 같아."

"후추?"

그는 그게 무슨 비유냐며 되물었고, 우리는 서로 웃음 띤 얼굴을 마주 보며 킥킥댔다. 어쩐지 그 밤의 드라이브가 끝나지 않기만을 바랐다. 좁은 뒷좌석에는 잭과 A가 서로의 어깨에 기대어 눈을 감고 있었다.

아무리 생각해도 별 시답잖은 대화였다. 하지만 그날 밤 나는 집에 돌아오자마자 제일 먼저 다이어리를 펼치곤 '그의 손목은 후추 향'이라고 적었더랬다.

그의 손목은 후추 향.

내게는 아직도 재미있는 말이다.

그와 함께 있는 동안은 제아무리 재미없는 이야기라도 재미있게 들렸다. 커다란 잎이 가려주던 매미 울음소리와 눅눅한 장마철 공기마저도.

남프랑스에 사는 이름 모를 새가 떨어뜨리고 간 하얀 분비물을 보며 우리는 깔깔대고 웃었다. 결코 깔끔하게 떨어지는 법이 없는 이 눅진눅진한 분비물은 이번에도 끈질기게 앞 유리에 달라붙을 것이 분명했다. 늦은 오후까지 늦잠을 자고 일어나 퉁퉁 부은 눈을 하고 있던 우리는, 옆으로 나란히 서 여전히 퉁퉁 부은 눈을 하고는 깔깔깔, 소리 내며 웃었다.

에어컨을 *끄고* 창문을 열어둔 채로 달렸다. 파리로 돌아가야 하는 잭을 기차역으로 데려다 주기 위함이었다. 리버는 떠나지 않았다. 떠날 필요가 없었다. 쏟아지는 바람과 머리칼은 내 뺨에, 그의 짧은 속눈썹은 앞을 향해 있었다. 빠르게 지나가는 창밖 풍경 속에서도 우리는 손을 잡고 있었고, 나는 그거면 되었다.

그거면 되었다.

"머리 말리고 자, 언니."

깨우듯이 말하는 르네의 목소리. 나는 기억에서 빠져나와 정신을 가다듬고 숨을 크게 한번 들이쉰다. 축축한 머리카락. 베개 위에 수건을 깔고 누운 채.

저녁 식사 후, 토마와 케이티를 배웅한 뒤 방으로 올라왔다. 모나와 필립도 슬슬 잠에 들 준비를 하고 있겠지. 모든 기억은 이처럼 아직도 생생하다. 나는 르네의 옆자리에 누워, 가만히 천장을 바라본다.

폭신한 이불, 시계태엽 소리, 커다란 화장대와 물기를 머금은 듯한 벽지. 이 방 안 모든 게 그 자리 그대로이지만, 결코 돌아오지 않는 것들이 있다. 사랑하는 마음이나 눈빛 같은 것. 순간의 열정이나, 다칠 줄 알면서도 진심에 닿기 위해 도전하는 용기 같은 것.

4

다음 날.

자고 있는 르네를 남겨두고 침대에서 몸을 일으켜 외출복으로 갈아입은 뒤 산책을 나섰다. 일자로 떨어지는 검은색 진과 스퀘어 넥 민소매 위로 허리에서 끝이 나는 짧은 기장의 검은색 데님 재킷을 걸치고 르네와 함께 브런치를 먹던 날 뉴욕 하우징 웍스에서 산 부츠를 신었다. 계절에 맞지 않는다던 밤색 부츠.

밤사이에 한 번 더 비가 내렸다. 감은 눈을 살짝 떠 확인하고, 마음으로 창문을 닫았다. 아침에 일어나서 확인해 보니 기다란 커튼이 다 젖어 있었다. 공기는 맑게 씻겨 깨끗했고 온 세상이 아름다웠다. 참새와 함께 이곳저곳을 돌아다니며 세상을 깨우고 만끽했다. 작은 새들이 노래하는 맑은 소리로 남프랑스의 촉촉한 여름을 시작하는 것이었다. 곳곳에는 잎에 맺힌 물방울들이 아래로 떨어지면서 만든 작은 물웅덩이가 있었다. 집 앞에 난 길로 쭉 걸으며 귀여운 연못을 발견했고, 마을 주민 몇몇과도 정겨운 아침 인사를 나눴다.

중심지인 미라보광장에 도착할 즈음에는 이미 해가 높이 떠 있었다. 오전 10시를 알리는 종소리가 광장에 울려 퍼지고, 집으로 돌아가기 위해 왔던 골목으로 발길을 돌릴 때였다. 어디선가 빵 굽는 냄새가 났다. 빵 냄새는 골목을 따라 걸을수록 점차 가까워졌다. 청 원피스를 입은 여자 둘이서 햄 샌드위치를 베어 물며 나를 지나가자, 마법이라도 부린 듯 갑자기 식욕이 돌았다. 올리브와 허브를 올린 포카치아. 따뜻하고 폭신한 빵 두 개와 갓 만든 바게트 빵 한 개에 8유로를 줬다.

이어서 이제 막 문을 열고 있는 건너편 샤퀴테리로 들어갔다. 3년 사이에 가게의 점원들이 모두 바뀌어 처음 보는 얼굴들이었다. 햄의 종류는 늘 그랬듯 여전히 많았다. 이것저것 맛을 본 뒤 햄과 살라미, 초리조를 종류별로 사서 나왔다. 모나한테 나도 샌드위치를 만들어 달라고 해야지.

집으로 돌아가기 전, 아침 산책의 마지막 코스로 미술관에서 운영하는 식당에 들렀다. 갈리페 아트 센터의 갈리페 키친. 엑상프로방스에서 내가 가장 좋아하는 장소다.

나는 이곳의 출입문을 특히나 좋아했다. 말해 주지 않으면 아무도 그 존재를 모를 것 같은 노란색의 아치형 문. 그 문을 지나 마치 새로운 세상으로 들어온 것 같은 느낌을 잠시 만끽한 뒤 물방울 맺힌 황금빛 스프리츠와 초록색 스트라이프 빨대를 보고 있노라면 여전히 남프랑스에 있다는 것을 깨닫고 안심하게 되는 것이다. 커다랗고 오래된 나무들이 가려 주는 뜨거운 태양. 군데군데 거뭇하게 때가 탄 건물벽이 여전히 황금빛으로 빛나고 있었다. 이렇게 한없이 과거를 머금은 곳에서 나는 미래를 생각했다.

에스프레소를 한 잔 마신 뒤, 자리에서 일어났다.

집에 돌아오자 집 안은 온통 커피 콩 볶은 냄새로 가득했다. 모나와 필립은 이제 막 잠에서 깬 듯, 부스스한 머리를 한 채 소파에 나란히 앉아 찻잔을 들고 있었다. 옆에는 튼튼하게 자란 아가베 아테누아타의 두꺼운 목과 길쭉한 잎사귀가 늠름한 모양으로 햇볕을 쬐고 있었다.

"잠자는 숲속의 공주 타이틀은 넘겨주셔야겠어. 동생한테."

필립이 능글맞은 미소를 띠고 내게 말했다. 아직도 방에서 내려오지 않은 르네를 두고 한 말이었다. 그는 매일 늘어지게 늦잠을 자던 나를 슬리핑 뷰티라고 놀리곤 했다. 배탈이 나거나 체하기라도 하는 날에는 독사과를 먹은 백설공주, 내가 저녁 외출을 하는 날에는 그래도 꼭 자정 전에 귀가한다며 신데렐라. 별명은 계속해서 바뀌었다.

나는 빵과 햄이 든 종이봉투를 테이블에 내려놓고, 무릎을 살짝 구부려 제법 격식 있는 인사를 전한다. 눈동자를 위로 굴리며, 없는 치맛자락까지 잡아 보이는 시늉을 하면서. 그의 장난에 대한 대답으로.

종이봉투 바깥으로 삐죽 나온 바게트 빵을 본 모나가 열정

적인 눈빛을 하고 다가온다. 그녀가 두 손으로 잡고 있는 찻
잔에는 커피 대신 따뜻한 루이보스 차가 담겨 있다.

"샌드위치?"

기다란 바게트 빵을 손가락으로 두드리며 알맞게 묻는 모
나. 매끈하게 뻗은 다리 위로 보라색 반바지와 파란색 셔츠가
그녀의 어두운 피부색과 대비를 이루며 더욱더 매력적으로
보인다. 나는 고개를 끄덕인다.

"르네는 양파를 먹나?"

뒤에 있던 필립이 어느새 다가와 모나의 어깨를 감싸며 묻
는다. 언젠가 내가 햄버거에 들어간 생 양파를 하나하나 건져
내는 것을 보고 경악한 적이 있기 때문이었다. 모나가 나를
보며 부드럽게 미소 짓는다.

"응. 르네는 양파 먹더라."

나는 구운 양파는 봐줄 수 있지만 생 양파는 절대 용서할
수 없다.

"그렇군."

이어서 필립이 모나의 뒤통수에 가볍게 입을 맞춘 뒤, 샌드
위치를 위한 토마토와 아보카도, 그리고 신선한 양파가 있는
지 확인하겠다며 부엌으로 향했다.

모나와 필립이 샌드위치를 만드는 동안 나는 방으로 올라
가 르네를 깨워 부엌으로 데리고 내려왔다. 정원 테이블은 아
직 비에 젖어 있던 터라 부엌의 아일랜드를 빙 둘러서서 먹었

다. 이것저것 집에 있던 재료들을 먼저 준비한 뒤 타코처럼 각자 바게트 사이에 속을 넣었다. 살라미는 좀 남겨두었다가 오후에 아페리티프와 먹기로 했다.

밥을 먹고 난 후에는 네 사람 모두 뿔뿔이 흩어져 각자의 방식으로 오후를 보냈다. 필립은 먼지떨이를 들고 들어가 그의 서재를 정리했고, 모나는 발코니에 있는 미니 자쿠지에 물을 받아 족욕을 했다. 르네가 거실 소파에 누워 뉴욕에 있는 남자친구와 통화를 하는 동안 나는 방으로 올라가 책을 읽었다. 중간에 잠깐, 내게도 영상 통화가 걸려 왔었다.

책을 읽던 중 창문 옆 커다란 화장대 위로 멀찍이 던져 두었던 휴대폰이 울려서 보니 케빈이었다. 하긴, 이곳 남프랑스에 있는 내게 전화를 걸어 올 사람이 더 이상 케빈 말고 누가 있을까.

"여보세요?"

"Il mio tesoro!"

나는 그게 무슨 뜻인지 잘 알았다. 데조로(tesoro)는 〈냉정과 열정 사이〉에서 마빈이 아오이를 부르는 애칭으로, 이탈리아어로 '보물'이라는 뜻이다. 나의 보물.

"책 읽고 있었구나?"

"웅. 이 말을 보자마자 수키 생각이 나서. 나도 앞으로 이렇게 불러야겠어."

내게 좋아하는 책이 무엇이냐 묻고, 내가 무엇을 말하든 모두 찾아 읽고 있는 케빈. 이상하게도, 나는 그에게 이 책을 최대한 늦게 알려 주었다.

케빈은 내게 잘 지내고 있냐고 물은 뒤, 자신은 출장을 마치고 돌아왔고 뉴욕은 지금 밤이라는 소식을 전했다. 선함으로 무장된 그의 두 눈이, 등지고 선 스탠드 조명보다도 밝게 빛나고 있었다.

뒤숭숭했던 마음이 한결 같은 그의 얼굴을 보자 그래도 의지가 되는 듯했다. 이 마음을 굳이 정확히 표현하자면 고마움에 더 가깝기는 했다. 어디서 들은 적이 있었는데, 결혼은 이런 사람과 해야 한다고.

가만히 휴대폰 속 그의 얼굴을 들여다본다. 나와 연락이 닿아 다행이라는 듯, 반듯하고 숨 막히는 그 안도의 얼굴. 나는 애써 눈을 피하고, 입을 꾹 다문 채 읽던 책을 들어 올려 보였다. 그는 내 행동의 뜻을 바로 알아차렸다.

"이제 그만 방해할게."

"아니야, 다음엔 내가 걸게."

그 말은 내가 걸기 전에는 전화하지 말라는 뜻이기도 했다. 나는 이 통화가 매일의 루틴처럼 자리 잡는 것만은 무슨 수를 써서라도 피할 것이다. 오늘도, 내일도, 모레도, 다음 주도, 다음 달도. 그렇게 매일매일 반복되다 보면 우리 사이 전화 통화는 하루를 마무리하는 일과 보고처럼 자리 잡히게 될 것이고, 그렇게 자리 잡힌 전화 스케줄은 의무감을 띨 것이다. 매일같이 통화를 하며 내가 들은 그의 방 안 공기와 그가 들은 내 방 안 공기는 그를 안심하게 만들 것이고, 어쩌면 나 역시도 점점 그에게 의지를 하게 될지도 모른다. 그렇게 엉켜 깊어진 마음은 결국엔 나를 성가시게 하겠지.

상처받은 눈을 보는 것은 곤욕이다. 그것이 내 앞에 앉아 있는 상대방의 눈이든, 거울 속에 비친 나의 눈이든.

두어 시간쯤 지났을까. 시끌벅적한 소리에 눈이 떠졌다. 읽고 있던 책은 펼쳐진 채로 가슴팍 위에 덮여 있었다. 언제 어디서든 머리만 대고 눈을 감으면 낮잠을 자는 것이 여행자로서 적합한 행위라는 생각이 들었다. 해가 떠 있을 때 잠들어서 여전히 해가 떠 있을 때 일어나는 것도 날 기분 좋게 했다. 하루 중 놓친 것이 아무것도 없는 것만 같았다.

나는 벗어 두었던 검은색 데님 재킷을 다시 입고 1층으로 내려왔다.

"세상에."

계단을 내려오자마자 보이는 익숙한 뒷모습. 나는 발걸음을 멈춘다. 나를 발견한 모나가 긴 아일랜드를 빙 돌아 내게 다가오고, 그 익숙한 뒷모습 역시 몸을 돌려 나를 바라보고는, 씨익, 커다란 미소를 짓는다.

"좀 일찍 왔어, 이번엔."

"잭, 잭!"

파리 일정 때문에 다음 주는 돼야 올 수 있을 것 같다던 그였다. 하드락 로고가 왼쪽 가슴팍에 작게 그려진 흰색 반팔 티셔츠에 흰색 바지를 입고, 발목까지 올라오는 두툼한 흰색 발목 양말을 신은 잭. 깔끔하게 기른 짙은 수염과 눈썹, 머리에 쓴 검은색 볼 캡과 가죽 벨트. 그의 어둡고 짙은 피부색과 눈동자는 모두 색이 같았다.

가벼운 포옹을 한 뒤 몸을 떨어뜨리자마자 서로를 위아래로 훑는 우리. 잭이 입을 열자 늘 그렇듯, 저음의 시원시원한 목소리가 흘러나온다.

"좋아 보인다, 수키."

장난스러운 눈을 하곤 내 어깨를 가볍게 툭 친다.

"너야말로."

잭에게 르네를 인사시켜 주어야겠다는 생각이 들었다.

"혹시 르네 어디 갔는지 알아?"

나는 부엌에서 필립과 함께 올리브를 덜고 있던 모나를 향해 몸을 돌려 물었다. 고개를 쭉 빼고 정원 쪽으로 시선을 던지는 모나. 르네는 어느새 예쁜 옷으로 갈아 입고 울창한 나무들 사이에서 사진을 찍고 있었다. 정원에 가기 전에 혹시 내가 도울 것은 따로 없는지 한 번 더 묻자, 모나는 간단하게 치즈 플레이트만 만들면 된다면서 믿음직스러운 윙크를 보냈다. 나는 구릿빛으로 빛나는 그녀의 광대뼈를 향해 가벼운 키스를 보낸 뒤, 그대로 잭의 두꺼운 팔을 잡고 그를 정원으로 끌고 나갔다.

"르네, 잭. 인사해. 내 동생이고, 잭은…… 나의 프로방스 한정 베스트 프렌드."

자신을 소개하는 데에 '프로방스 한정'이라는 수식어가 들어가는 것을 들은 잭이 턱을 떨어뜨리고 나를 쳐다보았다. 그러다 이내 그런 식으로 하는 거냐는 듯, 입술을 물고 "그래, 그렇겠지", 투덜거리며 눈썹을 들썩였다.

"만나서 반가워."

금세 멋진 목소리로 르네에게 손을 내미는 잭.

"응, 나도."

르네 역시 그런 그가 내민 손을 맞잡고 아무렇지도 않게 인사를 했다. 평범한 인사였다. 인사는 그렇게 평범한 것이다. 나는 이들의 두 손이 맞잡았다 떨어지는 것을 바라보며 지나친 감상에 젖지 않으려 노력했다.

아페리티프는 모나와 필립이 치즈 플레이트를 완성하는 것으로 시작이 되었다. 오늘은 그저 달짝지근한 술과 함께 보내는 어느 편안한 오후의 한 부분 같은 시간의 연속이었다. 어느 것 하나 과장되지 않은, 조용하고, 자연스럽고 평화로운 시간. 간지럼을 느끼지 못하는 이런 삶도 나쁘지 않겠다 싶었다.

"밤에 놀러 나가자."

커다란 골격을 겹쳐 팔짱을 끼고 내 옆으로 다가와 말하는 잭. 나는 모든 술은 쓰다며 마시지 않겠다는 르네에게 스프리츠는 술이라고 할 수도 없다며, 제발 한 번만 마셔보라고 필립과 함께 애원하던 중이었다. 르네 그 못된 계집애는 오늘도 완강하게 입을 꾹 닫고서 여러 종류의 햄을 씹으며, 오직 탄산수만을 마셨다.

잭을 향해 고개를 돌리는 동시에 올라가는 나의 입꼬리.

"좋지."

나는 대답하고, 들고 있던 잔 속에 남은 그 맑은 귤색 술을 한 입에 털어 넣었다.

우리는 르네도 함께 데리고 나오는 것에 힘겹게 성공했다. 르네는 당연히 처음에는 가지 않겠다고 했다. 그러나 잭과 내가 결혼을 앞둔 모나와 필립 커플에게 혼자 있을 시간을 좀 주자고 속삭이자, 못 이기는 척 방으로 올라가 옷을 한 번 더 갈아입고는 뾰루퉁한 표정으로 우리를 따라나섰다. 우리는 그러지 않아도 된다며, 편하게 집에서 다 같이 놀자고 말하는 모나와 필립 커플에게 밝게 웃으며 손을 흔들고는 한 김 빠진 오후, 은은하게 발그레해진 볼과 함께 흐느적한 걸음으로 돌바닥 골목을 빠져나왔다.

첫 번째 골목에 다다랐을 때 즈음, 잭이 광장에서 갓 만든 추로스를 파는 것을 보았노라고 흘리듯 말했다. 그 말을 들은 르네는 조금, 아니, 많이 솔깃한 눈치였다. 찍어 먹는 초콜릿과 함께 바삭한 추로스를 사 주면 군말 없이 어디든 따라와 주기로 우리와 합의했다.

"어디로 갈까?"

"오랜만에 아포테크 어때."

오래간만에 밤공기를 쐬며 놀 생각을 하니 생각만으로도 숨통이 트이는 것 같았다. 나는 개운한 기분으로 숨을 크게 들이마셨다.

7월, 이미 한참 전부터 시작된 남프랑스의 여름. 조금만 들이마셔도 뜨거운 공기가 곳곳에 분말 가루 같은 잔상을 남긴다.

우리는 중심가보다 조금 더 끝자락에 있는 로통드광장까지 내리 걸었다. 물의 도시답게 광장 어디에나 크고 작은 분수들이 힘차게 그 자리를 지키고 있었고, 열두 마리의 청동 사자로 장식된 커다란 분수 앞에 잭이 말한 추로스 트럭이 있었다. 일곱 여덟 살쯤 되어 보이는 아이 하나가 반으로 접어도 자신의 얼굴보다 큰 크레페를 통통한 손으로 잡고 해맑게 웃으며 서 있었다. 아이의 한쪽 뺨에 묻은 달콤한 초콜릿. 그 옆으로는 아이 아빠가 무릎을 접고 자세를 낮춰 젖은 티슈로 아이의 얼굴에 묻은 초콜릿을 훔치듯 닦고 있었다. 예술 작품을 복원하듯, 섬세하고 조심스러운 손길이다.

"저 행복해 보이는 아이가 이제 곧 나야."

트럭으로 가까이 다가가며 르네가 말했다.

"너는 얼굴에 묻히지 마렴."

내 대답에 르네는 눈을 가늘게 접었다.

"누텔라 하나랑, 가장 긴 걸로 두 개요. 수키도 하나 할래?"

본인도 먹고 싶다며 르네의 것과 함께 추로스를 주문하던 잭이 옆에서 들리는 지글지글 소리에서 시선을 돌리며 내게 물었다. 단것을 싫어하는 나는 빠르게 고개를 저었다. 그들의 갓 나온 추로스 위로 시나몬 설탕이 유리 조각처럼 뿌려지는 것을 바라보다가, 이내 여러 갈래로 갈라진 골목을 향해 몸을 돌렸다.

골목은 곳곳이 여름이었다. 햇볕에 익어가고 있는 듯한 크림색의 건물들. 좁은 골목에 끼여 있는 잎도 크고 목도 두꺼운 커다란 나무들. 매일같이 열리는 시장에는 사랑으로 자란 과일과 채소들이 누워 있고, 옆으로는 싱싱함으로 무장한 갖가지 꽃들이 자신의 빛깔을 뽐내며 태양을 향해 더욱더 높이 고개 들고 있었다.

작은 것에도 신나 하는 아이들이 뛰어놀며 만들어 내는 순진한 목소리와 웃음소리. 중간중간 소리를 지르는 아이도 있었지만 모든 것이 합쳐져 뜨거운 여름의 시작을 알렸다. 거슬리는 것은 아무것도 없었다. 나무와 건물들이 만들어 낸 그림자는, 이렇게 뙤약볕 아래에 서서 가만히 보기만 해도 시원해지는 것 같은 기분을 느끼게 했다.

내가 정신을 차린 건, 르네가 나의 한쪽 볼을 꾹 눌렀을 때였다.

꾸욱.

르네의 검지가 내 오른쪽 뺨에 있는 보조개를 천천히 누르고 떨어졌다. 고개를 돌리자 아랫입술을 꾹 문 채로 멍하니 내 뺨을 바라보고 있는 르네가 서 있었다. 그 옆에는 장난스럽게 웃음을 참으며 무엇인가를 기다리는 듯한 표정의 잭. 가느다란 바람이 불어오고, 르네가 누른 볼에서 특히나 차가움이 느껴졌다. 나는 반사적으로 손을 들어 볼 쪽으로 가져간다. 초콜릿이다. 가만 안 둬.

"너 일로와!"

길쭉한 추로스를 한 손에 꼬옥 쥔 채 르네가 저 멀리로 도망친다. 나는 잭이 들고 있던 누텔라를 뺏어 들고 그런 르네를 전속력으로 쫓아갔다. 르네는 그렇게 광장 한 바퀴를 빙 돌아 이번에는 잭의 볼에도 초콜릿을 묻혔다.

이제 막 나기 시작한 부드럽고 얇은 금발로 덮인 프랑스 아기들의 조그마한 앞니를 힐끔거리며, 비눗방울 할아버지가 만들어 주는 커다란 추억 속에서 다 큰 어른 셋이 그 넓은 광장을 한참 동안 깔깔대며 뛰어다녔다. 아포테크에는 가지 않았다.

다음 날은 약속대로 잭이 르네와 함께 쇼핑을 나갔다. 어제 추로스 술래잡기를 한바탕 마치고 지친 우리는 아포테크 대신 골목 근처 식당으로 간단히 저녁을 먹으러 갔고, 그곳에서 르네는 쇼핑을 가고 싶다고 말했다. 나는 그 말을 듣자마자 잭을 쳐다보았다. 르네도 고개를 돌려 잭을 빤히 쳐다보았다. 패션에 관심이 많고 또 이 동네에 대해 잘 알고 있는 사람이 바로 우리 옆에 있었다. 그렇게 잭이 원하든 원하지 않든, 약속이 만들어졌다.

나는 정각에 딱 맞추어 집 앞에 도착한 잭에게 당부했다. 르네와 함께 있는 동안에는 반드시 중간중간 맛있는 것을 입에 물려 주어야 한다고. 무엇보다 예쁜 사진을 찍어 주는 것을 잊지 말고, 그리고 이 모든 것을 귀찮아하는 티를 내서도 안 된다는 말을 덧붙였다.

"그렇게 하지 않으면 네가 고생하게 될 거야."

두 사람을 배웅하고 방으로 돌아온 나는, 밤사이 못 잔 잠을 채우기 위해 낮잠을 잤다.

꿈에는 언제나 그렇듯 오래전 여름이 나왔다. 뜨거운 태양과 파란 달이 모두 지켜본 우리의 사랑. 그리고 꿈.

그곳에는 내가 원하는 모든 것이 있었다. 열린 창문을 통해 개구리가 끊임없이 울고 전축에서는 기타 줄 튕기는 소리가 눅눅하게 녹음된 LP가 빙글빙글 돌아가고 있었다. 지지직거리는 잡음이 천장을 타고 내려와 눈꺼풀이 느릿하게 움직인다. 그의 팔을 베고 똑바로 누워 이불을 목 끝까지 끌어올리는 나. 그렇게 우리는 다시 이곳, 버터 색의 네모난 방 안에 있다.

나는 다른 어떤 순간들보다 그런 것들을 미치도록 그리워하고 있었다. 귀뚜라미 우는 소리와 익어가는 포도나무의 향기. 매일 밤 나를 잠들게 만든 것들. 나의 눈을 감게 한 것들. 우리가 길게 늘어뜨린 시간들.

꿈속의 나는 아무도 모르게 숨을 크게 들이쉬었다가, 포옥, 하고 내쉬었다. 개운했다. 내게 팔베개를 해 주고 있는 그가 아무 말도 하지 않아 주기를 바랐다. 그가 불현듯 눈을 떠 나를 가만히 쳐다보기라도 한다면 그대로 울어버릴 것만 같았다. 속마음을 들킨 것만 같아서. 그때로 돌아가고만 싶은 마음을 품은 것이, 마치 커다란 잘못이라도 되는 것만 같아서.

비가 오는 날이었다.

분수대가 불어날 정도로 많은 양의 비가 아주 세차게 내렸다. 리버는 소파에 앉아 한쪽 다리를 꼰 채 몸을 내 쪽으로 살짝 기울여 뻗은 팔로 나를 가두고 있었고, 나는 그런 그의 품속에서 반쯤 겹쳐 앉아 책을 읽고 있었다. 특유의 실험적 문체로 쓰인 한국 작가의 소설《목신의 어떤 오후》.

외출 준비를 마친 모나와 필립이 위층에서 내려오며 우리에게 함께 나가지 않겠느냐고 물었다. 그들은 비가 오는 날이면 무조건 일본식 라멘을 먹으러 시내로 나가야 하는 귀여운 전통을 가지고 있었다. 리버는 나를 쳐다보았고, 나 역시 고개를 돌려 그와 눈을 맞추었다. 그는 내가 다른 생각을 하도록 내버려 두지 않았다. 그 때문이었는지 그와 눈을 맞추고 있는 동안에는 아무런 생각도 하면 안 될 것 같은 느낌이 들었고, 실제로도 아무런 생각이 들지 않았다. 오른쪽 입꼬리가 살며시 올라갔고, 나는 눈을 떼지 않고 고개만 살짝 끄덕였다. 푹신한 소파에서 몸을 일으키자 우리 사랑의 무게만큼 움푹 파인 자국이 만들어졌다.

급하게 머리만 돌돌 말아 올려 나갈 채비를 마쳤다. 밖으로 나가자 먼저 나와 있던 리버가 우산을 들고 서 있었다. 그의 왼편으로 뛰어들어 폭삭 안기자, 내놓은 어깨 위로 그의 손이 감싸졌다. 따뜻했다.

우리는 마을의 자랑인 온천수가 나오는 분수를 지나, 오색찬란한 비누 가게를 지나, 오늘은 문을 닫은 조그마한 크루아상 집을 지나, 뜨끈한 일본식 라멘집에 도착했다. 강한 빗줄기에 모두들 물에 빠진 것처럼 온 다리가 다 젖어 있었다.

리버는 돈코츠 라멘, 나는 소유 라멘. 모나와 필립은 토마토를 뭉근하게 졸여, 스크램블드 에그와 함께 파스타 같은 맛이 나는 라멘을 나눠 먹었다.

식사를 마치고 난 후에도 비는 여전히 내리고 있었다. 모나가 갑자기 거리로 뛰어들더니 기지개를 쭉 켜며 집까지 우산을 쓰지 말고 가자고 제안했다.

"어차피 우리 지금도 얼굴 빼고는 다 젖었잖아!"

나는 고개를 들어 리버를 쳐다보았다. 리버 역시 나를 쳐다보았다. 눈을 반짝이며 내 손을 잡았다. 싫다고 말할 겨를도 없었다. 손이 맞닿는 순간 영화 속 주인공이 된 듯한 기분이었다. 우리 네 사람은 말 그대로 쫄딱 젖은 생쥐 꼴이 되어 집에 도착했다.

필립과 리버는 이 기세를 몰아 아예 비를 맞으며 수영을 하고 싶어 했다. 내가 발코니에 있는 자쿠지에 물을 받아 놓고 놀면 되지 않느냐고 하자, 그걸로는 어림도 없다면서 얕은 호수에 다녀오겠다고 말했다.

다행히 모나는 나와 생각이 같았다. 원하지 않았다. 나는 안도의 한숨을 내쉬었다. 만약 모나까지 빗속에서 수영하기를 원했더라면, 나는 혼자 고상한 척하며 한껏 달아오른 신나는 분위기를 깨 버리는 그런 사람이 되고 싶지 않아, 우는 얼굴을 하고서 꼼짝없이 빗속 수영을 하고 있었으리라. 고개를 들고 비를 얼굴로 맞는 것은 기분 좋은 일이었지만, 손발이 호수에 팅팅 불어 흐느적거리는 모습은 생각만 해도 싫었다.

남자들에게 해가 지기 전에는 돌아오라고 말한 뒤 모나와 나는 2층으로 올라갔다. 축축하게 젖은 우리의 발바닥이, 나무 바닥을 그대로 적시며 진한 발자국을 만들어냈다. 우리는 양쪽으로 갈라진 복도에서 눈인사를 하고 각자 방에 딸린 욕실로 향했다. 모든 것이 자연스러웠다. 나는 그렇게 자연스러운 것이 좋았다.

뜨거운 김이 가득한 욕실에서 밖으로 나오는 것이 좋았다. 온몸 구석구석, 어디 하나 풀어지지 않은 곳 없는 새사람으로서 욕실 바닥을 처음으로 밟을 때의 그 느낌. 뜨겁게 덥혀져 말랑해진 발바닥과 습한 공기를 머금고 있는 포근한 나무 바닥. 내가 살던 곳에서는 그 길고 긴 샤워에도 절대 덥혀지지 않는 차가운 타일 바닥과의 대비가 좋았다면, 이곳에 온 이후로는 축축한 것 같으면서도 발바닥에는 아무것도 묻어 나오지 않는 건조함에 마음이 가기 시작했다. 어린 나는 참 별것도 아닌 것에 쉽게 사랑에 빠지곤 했다.

샤워를 마치고 개운한 기분으로 화장대에 앉아 이탈리아의 작은 수도원에서 만들었다는 화장수로 얼굴을 닦았다. 손바닥으로 부채질을 하며 작은 바람을 만들고, 동그란 도자 스푼으로 수분 크림을 듬뿍 떴다. 모나가 얼마 전 선물로 준 스푼과 크림. 밤마다 말랑한 수분 크림을 얼굴에 펴 바른 뒤 매끈해진 나의 모습을 보는 것이 좋았다. 크림을 바른 후에는 늘 화장품을 뒤집어 바라봤다. 바닥 면에 휘갈겨 쓴 메모.

Je ne laisserai pas le soleil brûlant vous emporter! —Mona(뜨거운 태양에 널 빼앗기지 않겠어! —모나)

때마침 수영을 마치고 돌아온 리버가 방문을 열고 들어왔다. 그가 욕실로 들어가는 모습이 거울에 비쳤다. 이번엔 빠르게 샤워를 마치고 나오는 그의 따뜻한 몸을 보는 것이 좋았다. 허리춤에 아슬아슬하게 타월이 둘러진 것도 좋았다. 그의 실오라기 하나 걸치지 않은 모습까지 모든 것을 보고 싶지는 않았다. 하지만 욕실로 들어가는 길에는 가볍게 눈인사만 하고, 말끔하게 씻고 나온 이후에는 내 뒤로 다가와 틀어 올린 머리칼 뒤쪽으로 차마 틀어 올려지지 못한 나의 짧은 잔머리들을 부드럽게 어루만지는 것이 좋았다. 열정에 사로잡혀 과한 눈빛을 보내지 않는 것도 좋았다.

샤워를 마친 모나와 필립, 리버와 나, 우리 네 사람은 청결한 상태로 다시 거실에 모여 시원하게 들려오는 빗소리를 배경 삼아 영화를 봤다. 나는 우리가 그렇게 한참 동안이나 한 곳을 바라보고 있는 것이 좋았나 보다. 그뿐만 아니라 우리가 보고 있는 영화도 좋았다. 아니, 우리가 본 것은 영화가 아니라 드라마였다. 영어 자막이 딸린 오래된 일본 드라마 〈롱 베케이션(Long Vacation)〉. 필립이 가지고 있던 비디오테이프였다.

프랑스 커플이 어떻게 이렇게 오래된 일본 드라마 녹화본을 가지고 있는 것인지 의아해하고 있을 때, 모나가 때마침 설명을 시작했다. 오전마다 성당 앞에서 열리는 경매에서 구한 것인데, 이것저것 잡다한 것들을 모아다 저렴한 가격에서부터 시작하기 때문에 잘만 하면 개성 있는 골동품을 좋은 가격에 구할 수 있다고 했다. 하지만 그 비디오테이프는 생각보다 경쟁이 치열했다고. 처음에는 그저 북적북적한 경매장 분위기에 휩쓸려 구경만 하고 있었다고 했다. 그러다 두세 명이 탁구공을 치듯 2유로씩 올리는 것이 답답했던 필립이 무심코 기침이 나오는 것을 참지 못하듯 높은 금액을 던졌고, 훌쩍 뛰어 버린 가격에 모두가 멍한 상태에서 그대로 시간은 흘렀고, 그렇게 필립에게 낙찰되었다고 했다.

"애초에 그것은 비디오테이프를 위한 경매가 아니라 숫자 세기 대회였어. 자신들이 무엇을 위해 이렇게 매달리고 있는 건지 잊어버리기라도 한 것처럼 말이야!"

필립의 열띤 자기변호. 나는 최종 낙찰 금액을 묻고 싶은 충동을 꾹 눌러 참았다. 그 대신 그것이 일본에서 선풍적인 유행을 끌었던 드라마였다는 사실을 알려 주었다. 필립은 그 말을 듣고 기분이 한결 나아지는 듯했다.

에피소드 두 편을 보고 난 우리 네 사람은 자연스럽게 TV를 끄고 자리를 정리했다.

"잘 자."

2층으로 올라와 복도에 있는 커다란 창 앞에서 모나가 말했다. 우리는 양 어깨를 잡고 서로의 볼에 굿나잇 키스를 한 뒤, 각자 방으로 들어갔다.

방 안은 우리만의 세계였다.

"오늘은 아주 일본스러운(Japan-y) 날이었네."

여느 때처럼 팔을 들어 올려 내 왼쪽 귓바퀴의 피어싱을 부드럽게 어루만지며 말하던 리버.

일본스러운. 나는 몸에 모든 긴장을 풀고 소리 내어 그의 말을 되뇌어보았다.

그가 내 왼쪽 귀의 피어싱을 만지작거릴 때마다 들리는 달그락거리는 소리는 내게 자장가였다. 이따금씩 흘러내리는 옆머리를 손가락으로 쓸어 넘겨 주는 것은 전율이었고, 그렇게 넘어간 커다란 손으로 내 등을 토닥여 주는 것은 가장 큰 안정이었다. 푹푹 찌는 여름날의 그을린 살갗 위로 닿던 차가운 입술.

"일본에서의 삶은 어떤 준비가 필요할 것 같아?"

이제 뉴욕으로 돌아가면, 도쿄 지사로 발령될 확률이 가장 높다고 말한 그였다.

"글쎄, 일단 내게는 가장 피하고 싶은 일이긴 한데."

"그렇게 나쁘지만은 않을 수도 있어."

"흠, 과연……."

나는 뒤통수에서 기분 좋게 잡아 당겨지는 머리카락의 시원한 압력을 느끼며 눈을 감고 주제를 바꿨다.

"일본하니까, 갑자기 생각나는 뉴욕의 바가 있다."

"아, 알 것 같아. 토미 재즈?"

그는 아무런 힌트도 없이 바로 알아차렸다.

"맞아."

토미 재즈는 뉴욕 미드 타운 이스트의 지하 안쪽에 숨겨져 있는 스픽이지 바(Speakeasy bar)다. 그곳에서 일하는 종업원은 모두 일본인으로, 두꺼운 나무 문을 열고 들어가는 순간 시작되는 라이브 재즈 공연과 온갖 국적의 악센트로 들려오는 부드러운 영어 발음들, 사이사이 마주치는 그들의 갈색 눈동자와 특유의 공손하면서도 절제된 예의범절, 이 모든 것이 자유로운 뉴욕과 오묘하게 어우러져 있다. 밤갈색 테이블 위로 동그랗게 물 자국을 내며 떨어지는 유리잔. 옆으로 일렁이는 은은한 촛불의 따뜻한 온기. 익살스럽게 내 마음을 긁어 대는 라이브 세션의 재즈 연주와, 엷게 띄운 미소, 탁하고 노란 칵테일.

"수키에게 뉴욕은 어떤 곳인지 물어보고 싶어. 특별한 애정을 갖고 있는 것처럼 들리거든. 나한테는 그저 태어나고 자란 곳일 뿐, 그 이상도 이하도 아닌데 말이야."

"음."

나는 바르게 누워 가슴께에 손을 올린 채 잠시 내가 살던 곳을 떠올린 뒤 대답했다. 머릿속에 생생하게 그려지는 뉴욕.

"사랑이 가득한 곳이야."

"사랑?"

대답을 듣자마자 리버의 미간이 찌푸려지며 표정이 굳는 것을 볼 수 있었다. 나 또한 그렇게 감상적으로 말한 것이 부끄러워 언젠가 후회가 될지도 모른다는 생각이 잠시 들었지만, 아랑곳하지 않고 말을 이었다.

"정리되지 않은 촛농이 테이블 아래까지 흘러내리고, 날짜가 한참 지난 신문은 이리저리 구겨져 있어. 왜인지 한쪽 구석에선 꼬리 기다란 생쥐가 찍찍대는 소리가 들리는 것 같지만, 또 왜인지 그 지저분한 벽 귀퉁이 어딘가엔 사랑하던 옛 연인을 그리워하는 편지나 시가 쓰여 있을 것만 같지. 골목 으슥한 곳에 있는 지하 재즈 바."

나는 그가 이 모든 것을 생생히 느낄 수 있도록, 순서대로 아주 천천히, 함께 느릿느릿 거리를 거닐듯 말했다. 그가 함께 좋아하길 바라는 마음에서였다. 내가 좋아하는 소설을 그가 좋아해 준 것처럼.

"비가 잔뜩 온 뒤 뿌옇게 빛나고 있는 거리를 걸으며 집으로 돌아올 거야. 쓸쓸하지만 모두가 그렇기 때문에 상관없어. 아무리 숨을 크게 들이마셔도 이미 축축한 이 공기는 절대 날 시리게 할 수 없거든. 아까 밟은 물웅덩이 때문에 내가 걷는 길 위로 도장처럼 발자국이 찍히고 있어. 마음이야. 집에 돌아와 물기 머금은 옷을 벗고, 샤워기 아래에 가만히 얼굴을 가져다 대. 어쩌면 빗물일지도 모르겠어. 향기 나는 스크럽으로 몸을 씻고, 거실로 나와 차가운 얼음물을 한 잔 마시고, 머리를 말리고, 침대에 누워 잠을 청할 때까지 나는 한마디도 할 수 없어. 눈빛과 마음으로만 골백번은 듣고 외치는 메아리. 다시 한번, 사랑이 가득한 순간이야."

리버는 그의 팔을 베고 종알종알 쉬지 않고 말하는 나를 단

한 순간도 놓치지 않고 따라왔다. 눈도 마주쳤다가, 고개도 끄덕였다. 그러다 내가 말을 끝내자 입을 삐쭉 내밀고 말했다.

"언제 한번 나랑도 가자. 뉴욕, 토미 재즈."

나는 그런 그의 입술에서 눈으로 시선을 옮겨 대답한다.

"그래, 좋아."

푸른 눈동자. 가운데에 노란색이 섞인, 회색빛을 띨 정도로 푸르스름한 눈동자. 나는 마음이 녹아내린다.

그는 내 이마에 입을 맞춘 뒤, 팔베개를 해 준 손을 내 머리 뒤로 감아 긴 머리칼과 관자놀이를 부드럽게 간지럽혔다. 그리고 말했다.

"개구리와 귀뚜라미는 절대로 동시에 울지 않아."

그는 종종 그렇게 뜬금없는 이야기를 하곤 했다. 품에 안겨 화장대 거울에 비친 둥근 갓 전등을 바라보고 있던 나는, 나른했던 정신이 또렷해짐을 느꼈다.

정말 그런가? 아니었다. 나는 분명 개구리가 개굴개굴하고 울 때, 귀뚜라미가 귀뚤귀뚤하고 동시에 우는 소리를 들은 적이 있었다.

"정말?"

나는 그의 팔에서 살짝 벗어나, 모호한 미소를 지으며 물었다.

"정말."

그는 자신감에 차 있는 눈빛이었고, 나 역시 그 눈을 피하지 않았다. 대신 입을 다물고 그의 눈을 빤히 쳐다보다가 눈을 한 번 깜빡였다. 그러자 리버가 표정을 바꾸지 않은 채 말했다.

"또 그런 눈을 하는군."

나는 뒤로 이어질 말을 기다리며, 그와 마주보기 위해 품에서 나와 옆으로 돌아누웠다.

"논쟁을 피하려는 인형의 눈 말이야."

그 역시 내 눈을 똑바로 쳐다보며 그렇게 말했다. 나는 눈썹을 들어 올려 보인 후, 눈을 동그랗게 뜨고 그가 이어서 말하기를 다시 기다렸다.

그는 내가 불필요한 언쟁을 피하고자 그런 식으로 종종 표정을 감춘다고 했다. 우리가 처음 만난 그 저녁 식사 테이블에서 자신이 제일 먼저 마주한 표정이었고, 다음 날 거실에서 또한 마찬가지였다고. 그렇게 이 한 번의 깜빡임으로 모든 것이 시작되었다고. 내가 살짝 들어 올린 눈썹 사이로 그를 들여다보고 있는 그 시간 동안 순식간에 사랑에 빠지고 있으면, 나는 아무것도 아니라는 듯, 악의 없는 얼굴로 눈을 딱 한 번 깜빡인 뒤 시선을 피해버리는 바람에 스스로 생각하는 법을 잠시 잊었다가도 겨우 정신을 잡을 수 있었다고. 그렇게 내가 눈을 한 번 깜빡이는 것은 마치 푹푹 찌는 사막의 태양에 맥을 못 추리며 걷고 있는 낙타의 엉덩이를 걷어차는 박차 같다고. 당나귀가 말을 듣게 하기 위해 당근을 줬다 뺏은 뒤 훈련을 재촉하는 채찍 같다고. 달콤한 단새우. 입에 퍼지는 아삭아삭 샐러리의 청아한 채즙. 하지만 실은 그 것이 그를 더욱더 강하게 끌어당기고 있다는 것을 아느냐고 모르느냐고.

나는 그가 하는 말의 대부분을 정확히 이해하지 못했지만 입을 열었다.

너는 내가 너를 얼마나 좋아하는지 몰라. 당신이 모르는 건 내가 당신을 얼마나 좋아하는지예요. 장미에게 비가 필요한 만큼 나는 너를 필요로 하는 걸 너는 몰라. 내가 사막 한가운 데에 떨어져 사나흘을 굶으면 물을 필요로 할까? 아니, 내게 오직 필요한 것은 너야. 너의 입술이야. 너의 가슴팍이야. 너의 눈썹 사이를 가르는 고뇌의 흔적이고, 너의 턱을 타고 흐 르는 신중함이야. 나를 어루만지는 너의 손길이야. 나의 이름 을 부르는 너의 목소리야.

아니, 사실은 속으로 삼킨 말이었다.

나는 그가 말한 대로 아무것도 모르는 척 그를 빤히 쳐다보 다 시선을 잠시 다른 곳으로 보냈다. 그리고 살짝 미소를 띠 고 다시 돌아와 그의 눈을 들여다보며 크게 한 번 깜빡이는 것으로 이 모든 말을 대신했다. 의도적으로 모든 단계를 거치 려고 하자 시간은 꽤 오래 걸렸다. 그는 그런 날 보며 기가 막 히다는 듯 헛웃음을 터뜨렸다.

손을 들어 올려 그의 눈썹으로 가져다 댄다. 엄지손가락으로 살살, 풀어지는 그의 미간. 나 역시 그렇게 몸에 힘을 풀고, 부드러운 맨살의 촉감에 집중한다. 눈을 감고 한참을 가만히 있다가, 팔에 힘을 주어 그를 더 세게 내 품 속에 가둔다. 그대로 내게 안긴 채, 쇄골 쪽에 고개를 파묻는 리버. 나는 목 언저리에서 느껴지는 그의 따뜻하고 간지러운 숨결을 참아내려 애써야 했다.

"그래서 필립은 그 비디오테이프를 얼마에 가져온 걸까?"

가려운 곳을 긁기라도 한 듯, 시원하게 터져 나오는 웃음.

우리는 그렇게 잠에 들고, 나는 기억 속에서 간신히 빠져나와 같은 장소에 혼자 누워 천장을 바라본다.

쇼핑을 갔던 르네와 잭은 해가 지고 저녁 시간이 한참 지나서야 집에 도착했다.

"난 녹초야."

잭과 온종일 이 작은 도시를 돌아다니며 고된 하루를 보내고 온 르네가 머리를 말리고 침대에 누우며 말했다. 그러곤 내게 물었다.

"언니는 뭐야?"

"난……"

옆으로 비스듬히 누워 천장 끝의 한 모서리를 바라보며 대답했다.

"난 물미역."

나는 물미역. 바다에 사는 흐물흐물한 물미역. 바다. 바다
소금. 맑은 하늘. 내리쬐는 햇볕. 반짝이는 백사장. 산과 바다.
모래 알갱이. 날쎈 물고기. 그리고 물. 돌. 흐르는 강물.

시간에 기억을 가두고 아무리 꾹꾹 눌러 보려고 해도 사랑
은 여전히 내 안에 살아 숨 쉰다.

커튼 사이로 새어 들어오는 달빛.

기운 좋게 울어 대는 귀뚜라미 소리를 뒤로 한 채, 나는 더
운 기온에도 다리에 휘감고 있던 포근한 거위 털 이불을 발
로 차버린다.

5

이곳 엑상프로방스에 다시 놀러 온 지도 한 달. 매일같이 친구들과 함께 저녁을 먹었고, 하루의 절반 정도는 취한 채 보냈다. 술과 책으로 진하게 얽힌 친숙한 밤들.

르네 또한 잘 적응했는지, 뉴욕에 있는 남자친구 에릭과 매일같이 하던 영상 통화도 사흘에 한 번 꼴로 줄이고 이곳 생활에 충실했다. 다 같이 갔던 먹물 식빵 계곡을 르네에게도 보여줄 겸 다시 들렀다. 깔깔대며 서로를 향해 맑은 물을 튀기며 과거 속에서 리버를 찾다가도, 차가운 계곡 물에 발을 담그고 아랫입술을 문 채 어깨를 으쓱하는 르네가 보이면 이내 현실로 돌아왔다.

로드 트립도 다녀왔다. 남부의 새로운 동네를 보여주고 싶다는 친구들 덕에 다녀온 봄 레 미모사(Borme les-Mimosas). 남프랑스의 또 다른 보석 같은 마을로, 프랑스 대통령의 별장으로 유명한 곳이지만 바다에서는 좀 떨어진 곳에 숨겨져 있다 보니 현지인들마저도 휴양지로 많이 찾지 않는 곳이었다. 엑상프로방스에서는 한 시간 반 정도 걸리는 거리여서 차에 이것저것 간식만 챙겨서 하루 동안 다녀왔다.

모나와 필립, 케이티와 토마. 잭, 르네, 그리고 나. 리버의 이름을 꺼낸 사람은 단 한 명도 없었다. 나는 그것이 나를 위한 일종의 배려라는 것을 알면서도, 그 때문에 친구들에게 미안함을 느꼈다. 어딘가 씁쓸하기도 했다. 비련의 여주인공이 되는 기분은 언제나 내 인생을 더욱더 흥미롭게 느끼게끔 만들기도 했다.

잭에게 포커를 배운 날도 있었다. 이름하여, 잭 선생의 일일 포커 강습. 그의 포커 실력은 옛날부터 모르는 이가 없을 정도였다. 시청사 광장 으슥한 골목 안으로 들어가면 붉은 천막으로 엉성하게 가려 둔 출입문이 있는데, 그 안으로 들어가 잭의 친구라고 말하면 모두가 잘해 주었다. 잭은 가끔 그곳에서 딴 돈으로 좋은 술을 사서 모나네 집으로 가지고 왔고, 그러면 가장 좋아하는 사람은 필립이었다. 나중에는 나도 꽤 재미가 붙어 좋은 술까지는 아니어도 나쁘지 않은 햄 정도는 사 올 수 있는 실력이 되었는데, 며칠 전에 다시 해 보니 영 녹이 슨 건지, 감을 잃은 건지, 그것도 아니라면 처음에 운이 좋았던 건지 괜찮은 치즈조차 사 올 실력도 되지 않았다.

그새 하루 중 낮 시간은 30분 정도 더 길어졌고 개구리와 귀뚜라미가 함께 우는 소리는 전보다 더 커졌다. 여름이 한층 더 무르익은 것이었다. 그리움 역시 마찬가지였다.

밖에서 저녁을 먹고 돌아오는 길. 돌을 쌓아서 세운 벽에 손을 대보면 저녁 7시에도 아직 뜨끈한 기운이 전해졌다. 아직도 훤한 세상 속을 안전하게 걷는 기분은 나쁘지 않았다. 평온하고, 안심이 되었다.

선선하고 귀중한 밤바람이 불어오는 것을 놓치지 않기 위해 책상 옆 커다란 창을 매일 밤 열어 두었다. 종종 내리던 여름의 굵은 빗방울에 가져온 번역 원고가 온통 젖은 적도 있었지만, 어깨를 한번 으쓱하자 말끔하게 해결되었다. 부모님과는 영상 통화도 두어 번 했다. 하지만 케빈에게는 아직 한 번도 먼저 전화를 걸지 않았다. 별다른 이유가 있어서는 아니었다. 오히려 별다른 이유가 없는 것이 문제였다. 놀고 먹고, 읽고 쓰고, 잠에 들어 꿈을 꾸다 보니 시간이 훌쩍 지나 있었다.

7월 말. 뜨겁고 후덥지근한 목요일 점심.

며칠 전 잭을 따라 다녀온 포커 나이트를 다시금 머릿속으로 떠올리며, 얼음이 가득 들은 레몬 티를 종이 빨대로 휘휘 저은 뒤 다시 꺼내 냅킨 위로 올려 둔다. 원 페어, 투 페어, 풀 하우스, 스트레이트 플러시. 케이티를 기다리며.

우리는 광장 앞 노천 카페에서 만나기로 한 터였다. 지난 주말부터 케이티와 나는 모나의 브라이덜 샤워를 준비하느라 밤낮으로 분주히 보내고 있었다. 어느새 한 달 앞으로 다가온 모나와 필립의 결혼식.

"울 랄 라(Oh là là, 어머나), 왜 이렇게 더워, 정말."

금발의 케이티. 입을 열 때마다 특유의 감탄사가 잊지 않고 흘러나온다.

"미네랄 워터, 탄산수. 탄산수?"

자리에 앉자마자 가르송(Garçon, 프랑스어로 웨이터)에게 손을 들어 올리고는, 동시에 내게 마실 것을 묻는다. 어깨보다 한참 위에서 끝이 나는 그녀의 단발 머리가 바람에 가볍게 흔들린다.

우리는 봉골레와 엑스트라 토마토 라자냐를 시켜 함께 나누어 먹기로 했다. 케이티가 빠른 손길로 두꺼운 종이 메뉴판을 앞뒤로 뒤집어 보는 것으로 음식을 주문하기까지는 5분도 채 걸리지 않았다. 나는 그저 입꼬리를 당겨 미소를 띠며 고개만 끄덕이면 되었다. 아무 무늬도 없는 아이보리 색 파라솔로 간신히 만들어진 그늘과 어깨, 등, 카페에 앉은 모두가 맞닿을 정도로 다닥다닥 붙어있는 대리석 테이블들. 주문서를 엉덩이에 찔러 넣은 채 뒤돌은 가르송이 테이블 사이를 가벼운 발걸음으로 휘저어 나간다.

"일단."

케이티가 짝, 하는 소리를 내며 양손을 맞부딪힌 탓에, 나는 다시 정면으로 시선을 가지고 온다.

"모든 게 완벽했으면 좋겠어."

나는 고개를 끄덕인다.

"장소부터 케이크, 꽃, 날씨, 사진까지."

"장소 픽스…… 케이크 예약…… 꽃 주문…… 날씨 확인……."

케이티가 손가락을 반대쪽 손으로 하나하나 접으며 우리가 확인해야 할 것들을 나열하는 동안, 나는 가방에서 작은 수첩을 꺼내 그녀가 말한 것들을 받아 적으며 체크 리스트를 작성했다.

"케이크는 크레이프로 하고, 내가 픽업할게. 그 외 디저트로는 크림 퍼프로 만든 타워랑 마카롱, 에클레어, 그리고……."

"레몬 마들렌!"

내가 외쳤다.

"맞아, 레몬 마들렌."

접던 손가락으로 나를 가리키며 고개를 끄덕이는 케이티. 제대로 짚었다는 표시다. 말은 계속 이어진다.

"식탁보는 우리 집에 흰색, 검은색 스트라이프 된 걸로 있어. 차는 TWG로 할까, 아니면 포트넘 앤 메이슨? 아, 라뒤레에서 마카롱이랑 같이 한 번에 준비할까?"

케이티와 나는 의견이 잘 맞았다. 열과 성을 다하는 정도 또한 알맞게 비슷했다. 수술이 달린 파라솔과 칵테일, 그리고 프렌치 불도그 푸실리를 위한 브라이덜 샤워 버전의 특식과 바람이 불어오는 방향이라든지 해가 지는 시간까지도.

탄력을 받아 정신없이 남은 체크 리스트를 작성하고 휴대폰으로 검색하다 보니 주문한 음식이 나왔고, 우리는 봉골레의 파스타 면이 얼마나 적당히 익었는지, 엑스트라 토마토 라자냐에 사용된 토마토가 얼마나 온마음을 다해 뜨거운 태양을 듬뿍 쬐고 자라났을지, 프랑스 사람들이, 특히나 이 남부 여자들이 얼마나 음식을 사랑하는지에 대한 이야기를 나눴다. 감탄사가 끊이질 않았다. 다시 시작된 우리의 계획 또한 마찬가지였다.

"쿠키는 무조건 케이티가 구워 와야 할 테고."

"쿠키는 무조건 내가 구워 가야 할 테지."

"모나가 그간 우리에게 해 줬던 요리 중 하나를 우리가 해 보는 건 어떨까?"

내가 제안했다. 미간을 바짝 찌푸리며 심각한 표정을 하고 있던 케이티가 표정을 풀며 나쁘지 않은 생각이란 표정을 지어 보인다. 그리고 하나, 둘, 셋.

"라비올리?"

"라비올리."

우리의 입에서 동시에 나온 모나의 시그니처 요리, 라비올리. 그렇게 이 파티에 큰 의미까지 더해진다.

"너무 귀엽다, 우리. 자매들끼리 이렇게."

들고 있던 포크를 내려놓으며 말하는 모나의 여동생, 케이티. 드레스 코드까지 정하고 나서야 목소리를 조금 줄일 필요가 있다는 것을 깨달은 나는, 그제야 부끄러움에 몸을 살짝 움츠렸다.

하지만 우리에겐 여전히 가장 중요한 사안 하나가 남아 있었다. 아무래도 케이티가 아직 말하지 않고 있는 것으로 봐서, 이게 얼마나 중요한 사안인지 잘 모르고 있는 것 같았다. 그래서 그냥 내가 말을 꺼냈다. 이곳 엑상프로방스에서 스트리퍼를 부르려면 어디로 연락을 하면 되느냐고. 나이대와 복장은 물론이고 머리숱의 정도, 체형이라든지 피부색 등을 우리가 직접 선별해서 부를 수도 있느냐고. 뉴욕에서는 충분히 가능한 일이기 때문이었다. 모든 것은 조금 과하다 싶을 정도로 세세하게 조정이 가능했고 그것은 이 세상에 꽤나 다양한 수요가 있다는 것을 의미했다. 그런 세세한 결정은 나를 아주 약간 멀미 나게도 했지만 생각해 보면 그렇게 좁은 선별 조건을 만들어 두는 것이 오히려 불쾌한 상황을 방지할 수 있는 아주 좋은 준비 절차일 터였다.

앞으로 기울이고 있던 몸을 등받이에 기대며 묘한 미소를 띠는 케이티. 그제야 나는 어쩌면 그녀가 내가 먼저 말을 꺼내기를 은근히 기다리고 있었을지도 모른다는 생각이 들었다. 나는 그 미소에 대한 대답으로 '이제 우리는 공범'이라는 표정을 지었다. 케이티는 아랑곳하지 않고 눈을 내리깔며 냅킨으로 입술을 닦았다. 손짓 하나하나 도도하지 않은 군데가 없었다.

케이티는 이 방면에서 나보다 도사였다. 사실은 나도 조금은 알고 있었다. 모나에게 들은 적이 있다. 언젠가 그리 오래되지 않은 케이티의 생일날, 온통 초콜릿으로 가득 채워진 욕조에 맨몸으로 들어가 '인간 퐁뒤'가 되고 싶다고 한 탓에 이 작은 마을에 있는 초콜릿이란 초콜릿, 우유란 우유는 모조리 구해야 했던 적이 있었다고. 다 함께 초콜릿을 갈고 데우고 우유와 섞는 동안 그들은 여러 차례 맛을 봤고, 딸기도 씻어 오고 바나나도 가지고 와서는 몸을 담그고 있는 케이티의 욕조에 빙 둘러앉아 이것저것을 찍어 먹으며 생일 축하 노래를 불러 주었다고.

나는 그녀에게 시선을 고정한 채, 앞에 놓인 투명한 잔을 들어 올려 입으로 가져가며 이어질 말을 기다렸다. 기포가 잔뜩 들은 탄산수가 목구멍을 간지럽히며 내려가는 것이 가감없이 느껴졌다.

"그런데, 정말 언니가 이런 걸 좋아할까?"

귀 아래로 발랄하게 뻗친 머리끝을 잡고 뱅뱅 돌리며 괜한 질문을 하는 케이티. 내려놓는 물잔에 맞춰 그녀의 짧은 금발이 찰랑거렸다. 너는 네 언니를 아직 잘 모르는구나. 내가 가만히 미소 짓자 그녀는 입안에서 혀를 이리 구기고 저리 구기는가 싶더니 입꼬리를 올렸다.

"나만 믿어."

그녀의 말에 나는 힘이 들어간 어깨가 가볍게 풀어지는 것을 느낄 수 있었다. 나는 얌전히 테이블 위로 올려 둔 팔꿈치를 그대로 뻗어 얇은 페이스트리를 겹겹이 쌓아 구운 식전 빵을 결대로 찢고, 올리브유와 발사믹 식초에 찍으며 고개를 끄덕였다.

"식전 빵을 식후에 먹다니. 귀엽네, 수키."

여전히 등받이에 등을 기댄 채, 나를 보며 말하는 케이티. 그 한마디에, 내게 같은 말을 한 사람의 목소리가 겹쳐 들리는 것만 같다.

— 식전 빵은 치우지 말아주세요. 식후에 먹을 테니까.

그렇게 말하고, 빵을 집어 드는 나를 뿌듯하게 지켜보던 사람. 자신의 눈을 똑바로 쳐다보며 결대로 찢은 빵을 입으로 쏙 집어넣는 나를 보며 기가 막히다는 듯, 눈이 다 감길 정도로 호탕하게 웃던 그 사람. 그 사람이 누군지는, 더 이상 언급하지 않아도 모두가 안다.

"그런가."

나는 어깨를 괜히 한번 으쓱하고 들어 보이고는 입안에 들은 페이스트리를 마저 씹었다.

식사를 마치고 조금 앉아 있던 우리는 3시 즈음 자리에서 일어났다. 케이티가 카페로 돌아간다고 해서 나는 토마에게 인사도 할 겸 그들의 카페까지 함께 걸었다.

점심을 먹는 동안 파라솔 안을 비집고 든 햇볕에 우리 둘 다 샴페인이라도 마신 듯, 눈 아래로 양 뺨이 벌겋게 달아올라 있었다. 자리를 일어나 골목을 걸을 때는 햇볕이 더욱 강하게 내리쬐는 탓에 바로 눈앞의 속눈썹이 빛나며 쭉쭉 뻗은 잔상을 만들어 냈다. 눈을 깜빡일 때마다 속눈썹의 잔상도 깜빡깜빡 함께 움직였다.

그렇게 집으로 돌아가는 길.

광장 근처에서 르네와 잭을 보았다. 둘은 크리스토프 마들렌 가게 앞, 죽 늘어선 호박색의 라탄 의자에 앉아 젤라또를 먹고 있었다. 더운 여름 공기에 역시나 양 볼은 벌겋게 상기되어 있었다.

몇 시간 동안 뜨끈하게 익은 돌바닥 때문인지 체감 온도가 5도는 족히 올라간 듯했다. 그들 머리 위로 얇은 그늘을 드리우고 있는 거대한 파라솔도 뜨거운 태양을 가리기에는 역부족인 듯 보였다. 숨을 쉬기도 버거울 정도로 무거운 여름이, 공기에 짙게 배어 폐를 짓누른다.

나는 조개 모양의 동그란 마들렌을 사, 그들 앞에 앉았다. 간신히 불어오는 산들바람에 머리칼을 하나로 시원하게 틀어 올린 르네의 목 뒤로 구불구불 삐쳐 나온 잔머리들이 흔들렸다. 르네는 들고 있던 플라스틱 미니 스푼을 입에 문 채, 파르르 떨리는 눈을 감고 잠시라도 시원한 기분을 만끽하고자 했다.

"너희들, 그렇게 더우면 집에 가면 되잖아."

어이없다는 듯 질문하는 나를 쳐다보는 잭.

"기다리고 있어."

"뭘?"

그가 턱 끝으로 가리킨 방향을 향해 고개를 돌리자, 검은색과 흰색 스트라이프 멜빵바지를 입은 다리가 긴 피에로가 아이들에게 풍선을 불어 주는 모습이 보였다. 케이티가 브라이덜 샤워에 들고 오겠다던 식탁보와 같은 줄무늬였다.

"저 동물 모양 풍선?"

내가 더욱 어이없다는 표정으로 다시 물었다.

"아니, 오픈 기념 선착순 곰돌이 인형."

잭이 덤덤한 얼굴로 대답했다.

나는 그를 빤히 쳐다보며 눈을 여러 번 깜빡였다. 오픈 기념, 선착순, 곰돌이 인형. 그걸 잭, 네가 같이 기다려 주고 있다고, 지금? 실제로 소리 내어 말하지 않았는데도 불구하고 단번에 내 표정을 읽은 잭이 해탈한 표정을 지어 보이며 입을 뻥긋거렸다.

"내 말이."

오픈 기념으로 곰돌이를 나눠주는 곳은 바로 광장에 새로 생긴 아케이드 게임장이었다. 다리 위의 비눗방울 할아버지들처럼, 이벤트성으로 열린 팝업. 뭐가 되었든, 그 덕에 여름날의 광장에는 소풍 분위기가 더해졌다.

꺽다리 피에로가 서 있는 쪽의 적당한 곳에 초크로 미리 그어둔 눈금이 있었다. 뒤로는 하얀 풍선들이 가판대를 가득 채

우고 있었고, 그 눈금에 서서 화살을 던져 가운데에 있는 빨간 풍선을 맞춘 사람만이 1등 상품을 가져갈 수 있었다. 상품은 실크 리본을 두른 작은 곰 인형들 사이에 있는 커다란 곰 인형으로, 개수는 단 한 개, 기회도 딱 한 번뿐이었다.

얼마 지나지 않아 성당에서 다섯 시를 알리는 종이 울렸다. 말없이 쌀 맛 젤라또만을 비우고 있던 르네가 우리에게 다녀오겠다는 손짓을 보낸 뒤 의자를 밀고 일어났다. 호박색의 가벼운 라탄 의자가 드르륵하고 돌바닥을 긁으며 가볍게 밀리는 소리가 났다. 그녀의 뒷모습에서 제법 비장함이 느껴졌다. 잭이 빈 의자를 본인 쪽으로 당겨 이벤트를 구경하기 편한 방향으로 만들어 준 덕에 나는 냉큼 그리로 자리를 옮겨 앉았다. 우리는 함께 몸을 한 방향으로 한 채, 남프랑스 아기들과 어깨를 나란히 하고 있는 내 여동생을 바라보았다. 광장에 모인 아이들은 자연스럽게 일렬로 서더니 키 순서대로 번호표를 배부 받았다. 당연히 르네가 가장 마지막 순번이었다.

"키 순이라니. 저건 좀 불공평한 거 아니야?"

"내 말이. 앞에서 먼저 성공하면 르네는 화살을 던져 보지도 못할 거 아니야."

우리는 어린 딸의 운동회에 참석한 부모처럼, 앞다투어 불평을 늘어놓았다. 몸은 등받이에 느슨하게 붙이고, 시선은 앞으로 고정. 양 팔꿈치는 호박색 라탄 팔걸이에 걸친 채 주먹을 꽉 쥐었다.

피에로의 간단한 게임 설명이 끝나자 바로 맨 앞에 서 있던 키가 제일 작은 아이가 시작할 차례가 되었다. 아이의 작은 손에 더 작은 화살이 쥐어졌다.

"쟤 표정 좀 봐. 잘할 것 같은데."

"딱 봐도 베테랑 느낌이 나."

아니었다, 다행히. 가운데에 있는 단 하나의 빨간 풍선을 정확히 맞추기란 생각보다 쉽지 않은 일이었다. 일고여덟 살 짜리 아이들이 지르는 아쉬움 가득 담긴 투명한 비명 소리와 팡팡 터지는 흰색 풍선들. 순식간에 대여섯 명의 순서가 차례로 지나가고, 그렇게 실패는 거듭되었다. 그리고 마침내 결전의 순간. 두 손을 겹쳐 이마에 대고 햇빛을 가리며 서 있던 르네가 우리 쪽을 바라보았다.

"할 수 있다! 할 수 있다!"

잭이 박수를 치며 큰 소리로 환호하며 응원했다.

"하지 마, 그러면 더 떨린단 말이야."

"아, 왜. 기 좀 살게."

르네는 분명 우리를 부끄러워하는 표정을 짓고 있었지만 잭은 아랑곳하지 않았다.

"그런데 사실, 르네는 저런 거 잘 못해."

내가 말했다.

"왜 그런 말을 해, 수키."

잭이 왜 김 새는 소리를 하냐며 나를 다그친다. 하지만 나는 르네가 이 게임에는 절대 소질이 없다는 것을 잘 알고 있었다. 뉴욕에서도 해 본 적이 있기 때문이었다.

Q 트레인을 타고 한 시간 정도 내려가다 보면 브루클린 남쪽에 코니아일랜드가 나오는데, 그곳에는 루나 파크라는 아주 오래된 놀이공원이 있다. 낮에는 놀이기구를 운영하고, 밤에는 불꽃놀이를 했다. 그때도 지금만큼 무더운 여름이었고, 우리는 유명하다는 핫도그를 먹으며 놀이기구들 사이를 거닐었다. 지금처럼 경품으로 커다란 곰 인형이 걸려 있는 것을 본 르네가 걸음을 멈췄다.

"10불이라. 줘 봐."

"안 돼. 저기 '기회는 한 번뿐'이라고 써 있잖아."

"언니, 저기 곰 인형 업고 가는 아기 보이지? 그게 바로 10초 뒤 언니 모습이야."

"자신 있어?"

"10불에 저렇게 커다란 인형이면 손해 볼 거 없잖아."

르네는 당당하게 말한 뒤 다트 용 화살을 손에 쥐었고, 단 10초 만에 10불을 날려버렸다.

"뭐 하는 짓이야? 손해 볼 건 없다더니!"

"아, 이게 생각보다 어렵네."

그날 코니아일랜드를 빠져나가는 사람들 중, 곰 인형을 어깨에 이지 않는 사람은 나밖에 없었다.

"어디 한번 두고 봐, 내 말이 맞나 틀리나."

내가 잭에게 말했다.

아랫입술을 가볍게 물고 빨간 풍선만을 조준하는 르네. 그때도 딱 저 표정이었지.

"집중. 또 집중."

주문이라도 거는 듯 잭이 중얼거리고, 화살은 앞뒤로 왔다 갔다. 잠시 주변 공기가 4초 정도 멈춘 듯했다.

하나.

둘.

셋.

슛.

르네의 손을 떠난 작은 화살이 빨간 풍선 바로 오른쪽 한 칸 옆에 있던 흰색 풍선을 터뜨린 후 바닥에 떨어졌다. 작은 곰 인형 풍선이었다.

"어라."

어깨를 으쓱 들어 보이는 잭.

저 많은 아이들 중 1등 상품을 가져간 아이는 단 한 명도 없었다. 르네는 여전히 힘없이 아랫입술을 문 채 고개를 돌려 우리를 바라보고 있었다.

"그럼 이제 어떻게 되는 거지?"

내가 르네에게 시선을 고정한 채 말했다.

피에로가 과장된 표정으로 머리를 긁적이고는 가판대 옆에 서 있던 지배인으로 보이는 사람에게 다가가 허리를 숙여 잠시 속닥이는가 싶더니, 이내 제자리로 돌아와 아이들에게 차례로 작은 화살을 다시 나눠 주기 시작했다. 1등이 나올 때까지 계속해서 도전할 수 있다는 뜻이었다. 그 후로는 진짜 축제였다. 빠른 속도로 터지는 흰색 풍선들과 환호성. 실패한 아이들, 그리고 새롭게 메꿔지는 자리. 그들은 뒤로 가서 다시 자신의 순서가 오기를 기다리며 어디선가 날아온 커다란 비눗방울을 잡으려고 애쓰다가도, 다시 순서가 되면 투명하게 웃으며 화살을 던졌다. 포기하고 발걸음을 돌리는 아이도 있었다. 반면 르네는 점점 더 오기가 생기는 듯 보였다. 잭과 나는 같은 자리에 앉아 그 작은 광장에서 노는 아이들의 모습을 한동안 바라보았다.

"언제 돌아간다고 했지, 수키?"

잭이 광장에 시선을 고정한 채 고개만 내 쪽으로 돌리며 물었다. 나는 머리를 묶을 만한 마땅한 것을 가져오지 않아, 하는 수 없이 빙빙 틀어 올려 양손으로 붙잡고 있었다.

"모나랑 필립 결혼식까지 보고 갈 거니까, 한 달 뒤?"

내가 대답하자 말없이 고개를 끄덕이는 잭.

"왜?"

"그냥."

싱겁게 돌아오는 대답. 이번에는 내가 천천히 고개를 끄덕인다. 시선은 다시 앞으로.

"생각나지 않아?"

나는 끄덕이던 고개를 멈춘다.

"리버 말이야."

가벼운 바람이 등 뒤에 있던 나무들을 마구 흔들어 놓는다. 샌들을 신은 나의 맨살 위를, 나뭇잎 그림자들이 정신없이 어루만진다.

"생각 안 난다고, 벌써 잊었다고 말해도 괜찮아. 나쁜 년이라고 생각하지 않을 테니까."

뻔뻔한 얼굴로 농담을 던지며 대화를 연하게 만드는 잭. 덕분에 나도 모르게 피식, 하는 웃음이 저절로 새어 나왔다.

나는 양손으로 틀어 올리고 있던 머리칼을 한 번에 놓으며, 잭을 향해 고개를 돌렸다. 기다란 머리가 라탄 의자 등받이 뒤로 툭, 힘없이 떨어진다.

"생각나."

어느새 옆으로 기운 햇빛을 받아 한 겹 두 겹 벗긴 듯 야들야들하게 속이 비치는 연둣빛의 나뭇잎들. 그 가려진 잎사귀 사이로 쪼개진 황금빛 태양이 테이블 위 세라믹 그릇에 닿아 반짝인다.

"뉴욕까지 같이 돌아갔잖아, 너희."

"뉴욕까지 같이 돌아갔지, 우린."

"명절도 같이 보냈고."

"명절도 같이 보냈지."

"그러다 연초쯤 둘이 끝났다고 들었어."

"그래, 맞아. 연초였다."

잭은 마치 사건을 수사하는 형사처럼 시선을 바닥으로 떨군 채 시간을 거슬러 올라갔다.

"여느 때처럼 리버한테 전화해서 네 안부를 물었다가, 내가 얼마나 놀랐는지 너는 모를 거야, 수키."

"그랬겠다."

나는 어떠한 표정도 짓지 않으려고 노력했다. 담담하게, 마치 다른 사람의 이야기를 듣고 있다는 듯이.

"남프랑스에서 만난 두 미국인. 꽤 완벽하다 생각했는데."

나는 시끌시끌한 광장의 소음과 합쳐지는 잭의 목소리를 그냥 가만히 내버려 두었다. 적당한 때에 알아서 관두리라는 것도 알고 있었지만, 이렇게라도 누군가와 그에 관한 이야기를 나누는 것도 나쁘지 않게 느껴졌기 때문이었다. 어쩌면 그렇게라도 혼자만의 기억이 아닌 모두의 추억임을 확인받고 싶었을지도 모르겠다.

"근데, 뭐……."

딱 그렇게 생각하고 있을 때였다.

"남녀 사이라는 게 원래 둘만 아는 거지."

잭이 기지개를 켜며 대화를 정리했다.

"미안해. 그동안 사연 있는 척 굴어서."

"알면 됐다."

잭은 일부러 원망스러운 표정을 지어 보였다. 그러다 곧바로 숨을 가다듬으며, "이거 하나만 기억해, 수키." 하고 장난 스럽게 덧붙인다. 나는 잭을 쳐다본다.

"연애에 관해서라면 날 찾아오면 된다는 거. 언제든."

뜨겁고 커다란 손으로 내 한쪽 어깨를 감싸며 가볍게 끌어 당기는 잭.

"픽이나."

웃으며 대답하는 나.

우리 사이로 시원한 바람이 불어온다.

"언니! 잭!"

때마침 광장 한가운데에서 우리의 이름이 높게 불리고, 고 개를 들자 이쪽을 향해 환한 얼굴로 달려오는 르네. 어깨에는 커다란 곰 인형이 업혀 있다.

배가 고프다는 르네와 잭에게 점심에 먹은 라자냐 집을 추 천해 주고 나는 집으로 돌아왔다. 예쁜 여름 노을을 보며, 골 목의 한 기념품 가게에 들러 엽서를 몇 장 산 뒤 안전하고 안 심되는 그 따끈한 골목길을 지나 집으로 돌아왔다.

그리고 곧장 2층 침실로 올라왔다. 저녁 생각은 없었다. 케 이티와 점심을 거하게 먹은 뒤로도 계속해서 빵과 주스를 먹 은 탓인지, 한 끼 정도는 건너 뛰고 싶었다. 골목 끄트머리에 서 르네가 건넨 레몬 마카롱의 단맛이 아직도 입술 끝에 남아 있는 기분이었다.

큰 창 옆, 작은 스툴에 앉는다. 침대는 신성한 곳이라며, 머리부터 발끝까지 청결하게 씻지 않은 상태에서는 손가락 하나 올려놓을 수 없게 하는 르네 때문에 밴 습관이다. 허리를 꼿꼿이 펴고 벽에 등을 기댄다.

차갑고 딱딱한 크림색 벽.

이내 나의 뜨끈한 목덜미 온도로 알맞게 맞춰진다. 방 안 액자에 비치는 싱그럽고 거대한 나무의 모습을 바라본다. 그건 내 마음이었을까.

옆 사람과 손을 잡 듯, 팔을 옆으로 뻗어 흰 페인트로 칠한 창틀에 손을 올린다. 다른 한 손으로는 종이 엽서의 귀퉁이를 가볍게 튕기며, 창가에 앉아 이 방 안을 오고 가는 모든 얇은 바람 하나하나를 손등으로 느낀다. 문지기처럼 그렇게 한참을 가만히.

"생각나지 않아? 리버."

낮, 잭은 그렇게 물었다.

생각난다. 당연히.

모든 기억이, 모든 감정이, 모든 표정이, 모든 손길이.

그 이름을 떠올릴 때마다 심장 어딘가 덜컥하고 걸리는 이 기분은, 이곳에 도착한 첫날부터 계속되고 있다.

눈을 감고, 다시 한번 기억 속 파편을 그러모은다.

부시시한 머리를 한 채 앞에 앉은 그의 얼굴을 바라보는 나. 세차게 울어 대는 매미를 뒤로하고, 함께 포근한 이불을 덮고 있던 그는 새근새근 자고 있는 얌전한 새 같았다.

어쩌면 나는 그 순간 사랑에 빠졌는지도 모른다.

그 순간. 내가 그 사람과 함께 있는 시간 동안 진정으로 행복한지 돌아보던 그 순간.

집에 오는 길에 산 엽서를 책상 위에 두고 가만히 바라본다. 프랑스의 알프스, 샤모니 몽블랑 사진이 인쇄된 종이 엽서다.

— 이것 봐, 수키. 알프스 산맥 중에서도 가장 높은 봉우리가 프랑스에 있대.

그 장소를 처음 발견한 건 리버였다. 갈리페 아트센터 앞, 뒤집어 둔 와인 잔에 바짝 붙어 여행 책자를 팔락이고 있는 우리의 모습.

— 어딘가에 오른다는 건 참 숭고한 일이야.

리버는 가장 용기 있는 사람들만이 이렇게 높은 산을 오를 마음을 품는 것이라고 생각했다. 살면서 단 한 번도 산을 오른 적도, 하다못해 이곳에 오기 전까진 본 적도 없다던 리버. 평생을 높은 빌딩만 가득한 곳에서 살았다는 이 창백한 남자를 보며, 나는 속으로 조용히 귀여워했다.

— 샤모니 몽블랑? 멋있는 이름이네.

— 응, 그리고 여기가 락블랑.

리버가 곧은 손가락으로 다음 페이지를 넘기자 푸른 호수가 나타났다.

— 우와, 물 색깔이.

— 응.

산 정상에 펼쳐진 신비로울 정도로 맑고 청명한 호수. 뒤로
는 비현실적으로 가파르고 뾰족한 알프스 산맥이 그 장엄한
자태를 마음껏 뽐내며 우뚝 솟아 있었다. 함부로 크기를 가늠
할 수도 없을 정도였다. 능선을 따라 뒤덮인 만년설과 옆에
걸친 하얗고 포실한 구름들. 발아래로는 황홀한 무중력을 경
험할 차례였다.

리버는 그 반짝이는 눈을 간신히 책자에서 떼고 나를 바라
보며 말했다.

— 같이 오르자.

어둑해진 밤하늘을 조용히 밝히던 우아한 조명과 주위의
취기 오른 사람들의 상기된 뺨.

— 10년 뒤에?

— 응, 정확히 10년 뒤 오늘.

미래에서 온 사람 같다. 커다란 플라타너스 나무 그림자 아
래에서, 온갖 종류의 풀벌레 소리를 배경 삼아 앙트레(Entree,
전채요리)로 나온 생채소를 아삭거리며 그런 생각을 했다.

어쩌면 이 사랑은, 이 끝나지 않는 길고 긴 터널 같은 그리
움은, 내가 그를 사랑하고 싶어 하는 감정을 마다하지 않는
것으로 시작되었을지도 모르겠다. 흐르는 강물처럼, 투명하
고 푸르던 그의 눈. 내가 선택한 사랑. 우리의 10년 뒤 여름.

그날 밤, 그는 내 콧잔등 위로 옅게 돋아난 주근깨를 바라보았다. 별자리를 관찰하듯, 정성스럽고 소중한 눈길. 나는 왜인지 모르게 드는 부끄러운 기분에 괜히 입술만 씰룩대었다.

프랑스 관광 비자가 만료되는 가을 즈음, 리버와 나는 함께 뉴욕으로 넘어갔다. 그때까지도 우리는 아직 행복했다. 보통 여행지에서 만난 사랑이라 함은 처음부터 함께였던 듯 다정의 언어로 부르다, 일주일 뒤에는 언제 그랬냐는 듯 각자의 삶으로 돌아가 서로가 없는 시간을 살아가는 것이 아니겠는가. 하지만 우리는 달랐다. 내가 사는 곳에서의 일상을 이 사람과 함께하게 되다니. 그렇게 우리는 언제까지나 이런 행복이 계속될 줄만 알았다.

리버 역시 자신의 삶으로 돌아갔다. 예정되었던 대로 그의 아버지 회사로 출근하기 시작했고, 우리는 각자의 삶을 조금씩 쪼개어 거의 매일 만나려고 노력했다.

서로의 집을 자주 오갔다. 리버가 살던 트라이베카, 내가 살던 롱아일랜드 시티. 이 커다란 도시의 구석구석을 우리 웃음으로 메웠다. 아파트 단지에서 입주민을 위해 세 달에 한 번씩 여는 밴드 공연도 드디어 함께 보았다.

리버는 가끔 주말에도 집에서 일을 했는데, 나는 그 모습을 꽤나 좋아했다. 아직도 눈앞에 생생히 그려진다. 그는 종종 그 창백한 얼굴을 다 가릴 정도로 커다란 손으로 마른 세수를 한 뒤 턱 끝을 어루만졌고, 그건 이제 내가 메모할 것을 준비해야 한다는 신호였다. 실제로 그런 부탁을 내게 한 적은 없었지만 어쩌다 한번 해 봤더니 굉장히 재미가 있었다. 오직 그의 입술이 움직이는 것만을 쳐다보며, 나는 여러 주소와 전화번호를 받아 적었다. 접어 올린 셔츠의 소매와 연한 생머리.

일과 관련된 전화 통화가 끝난 후면 그는 내게 가벼운 키스를 해 주고는 맞은편 자리로 돌아갔다. 내 이마에, 그리고 볼에. 그러다 다시 눈이 마주치면 그는 자리에서 일어나 나를 번쩍 들어 올려 소파로 데려갔다.

— 할 거 많아?

늘 그렇게 물었다. 그것은 질문이라기보다 신호탄이었다. 할 것이 정말 많은 때도 있었고, 전혀 없는 때도 있었다. 하지만 그때마다 나의 대답은 '아니'였다. 그 시절 이후로 그만큼 강한 동의의 '아니'는 지금껏 내 인생에 다시는 없었다.

허리를 꼿꼿이 펴고 침대에 앉아 독서를 하던 부부와 실오라기 하나 걸치지 않고 요리하던 남자. 매끈한 유리창 너머로 여과 없이 보이던 건너편 아파트의 별난 이웃들.

늦은 밤까지도 우리의 부엌 테이블 조명은 꺼질 줄을 몰랐다.

"집에 있었네, 수키."

샤워를 하고 나와 화장대에서 수분 크림을 펴 바르고 있을 때, 누군가 방으로 놀러 왔다. 가볍게 두 번 방문을 노크하는 소리에 대답하자 문이 열렸고, 고개를 빼꼼 내민 것은 머리에 수건을 돌돌 만 모나였다. 나는 확인하고 미소 지었다.

"어서 와."

발목까지 오는 기다란 리넨 원피스를 입고 있는, 언제나 건강한 모습의 모나. 방을 한번 쓱 둘러보고는, "르네는?" 하고 묻는다.

"저녁. 잭이랑."

"둘이 잘 노네."

모나가 영차, 하는 소리를 내며 침대에 걸터앉길래 나 역시 그녀 쪽으로 몸을 돌려 앉았다. 창문을 열고, 우리는 바깥공기와 방 안 공기가 합쳐지는 소리를 듣는다.

"오늘 다시 한번 성당을 확인하고 왔어."

모나와 필립은 여기에서 그리 멀지 않은 성당에서 식을 올리기로 한 터였다. 방에 누워 있으면 그곳에서 매 정각마다 울리는 종 소리가 들린다. 멀리 있는 것 같으면서, 또 가까이에 있을지도 모른다는 느낌을 갖게 하는 바로 그 성당.

"근데, 거기에서 또 싸운 거 있지."

나는 눈썹을 들어 올리는 것으로 대답을 대신한다.

"쓸데없는 걸로 자꾸 트집을 잡는 거야. 오르간 소리가 탁하다는 둥, 스테인드글라스 때문에 얼굴이 너무 붉어 보일 것 같다는 둥."

가만히 듣는다. 친구의 남자친구에 대해 코멘트를 다는 것은 어리석은 짓이다.

"그런 게 대체 왜 문제가 되냐는 말이야. 설령 문제가 된다해도, 이제 와서 바꿀 수 있는 건 없어. 그런데 그런 말을 뭐 하려 하냐고."

모나는 손바닥을 맞부딪히며 말하는 모든 단어를 강조했다. 오후의 기억을 떠올리자 다시금 짜증이 밀려오는 듯했다.

"그래 놓곤 미안했는지, 지금은 파이를 사러 갔어."

불현듯 풀어지는 그녀의 목소리. 이제는 내가 말해도 될 시간이다.

"크리스토프 사과 파이?"

"응."

머릿속에 휘파람을 휘휘 불며 집으로 돌아오고 있을 필립의 모습이 그려졌다. 주머니에 찔러 넣은 손가락으로 리듬을 타며, 한 손에는 약혼녀가 좋아하는 사과 파이를 휘휘 돌리고 있을 필립.

"필립답다."

모나가 흥, 하고 콧소리를 냈다. 나는 그런 그녀를 보고 부드럽게 웃으며 마저 말을 잇는다.

"사과가 참 빨라."

내 말을 듣고 잠시 꺼림칙한 표정을 짓더니 "그건 그래." 하고 말하며 몸에 힘을 빼는 모나.

우리는 잠시 아무 말도 하지 않았다. 누군가 밟고 지나가는 골목의 돌 자갈 소리가 마치 귀 옆에 있는 듯 가깝게 들린다.

"푸념 들어줘서 고마워, 수키."

한숨을 섞어 말하는 모나. 갑자기 부끄러워진 듯 턱을 바짝 당긴다.

"무슨 말씀. 너희 얘기는 언제 들어도 기분 좋은걸."

나는 이들의 이야기를 듣는 것을 좋아한다. 이제는 결혼을 한 달 앞둔 9년 차 커플의 이야기. 무슨 일이 있어도 서로가 서로를 놓지 않는 이야기.

목소리가 들려온다.

— 수키는 뭐가 가장 슬펐어?

— 음…….

내가 좋아하는 소설을 함께 읽었다. 내가 좋아하는 것이라면, 그게 무엇이든 똑같이 좋아할 자신이 있다고 말하던 그였다.

잠시 생각에 잠긴 그의 얼굴을 바라보다 대답하는 나.

— 서로가 도망쳤다는 부분?

대답을 들은 리버는 가만히 고개를 끄덕였다. 입술을 삐죽거리며 고개만 끄덕 끄덕.

— 수키.

그러다 다짐한 듯 내 이름을 불렀다.

— 손가락 걸고 약속 하나 해, 우리.

곧게 뻗은 그의 새끼손가락.

— 무슨 일이 있어도 도망치지 말기로.

비장한 표정의 그는 여전히 깊고 맑은 푸른 눈동자.

— 무슨 일이 있어도, 서로를 놓지 않기로.

무슨 일이 있어도, 무슨 일이 없어도.

나는 피식하고 웃으며 그의 새끼손가락에 나의 새끼손가락을 걸었다.

"벌써 9주년인데. 더 이상은 다툴 것도 없지 않을까?"

방으로 돌아가는 모나를 문 앞에 서 배웅하며 내가 말했다.

"어머, 수키."

모나는 순수하게 질문하는 나를 어린 애 보듯 쳐다보았다.

"L'appétit vient en mangeant. 먹다 보면 식욕이 나는 법이다."

입술을 타고 흐르는, 속삭이는 듯한 불어.

"애인을 내 입맛대로 바꾸고 싶다는 마음은 영원히 잠들지 않아."

윙크하고, 뒤를 돈다. 그녀가 입고 있는 얇은 흰색 가운이 기분 좋게 흔들린다.

먹다 보면 식욕이 나는 법이다. 먹다 보면, 식욕이 나는 법이다.

"그거, 이럴 때 쓰는 속담 아닌 거 다 알거든."

풋, 하고 웃는 그녀의 뒷모습. 차가운 땅속에 들어와 있는 것 같은 느낌을 주는 복도의 나무 바닥이 눌리며 소리를 낸다. 나 역시 미소를 지은 채, 그런 그녀가 복도를 따라 걸어가는 것을 바라본다. 그렇게 그녀가 방문 앞에 도착하기를 기다리고, 문을 닫기 직전 문틈으로 굿나이트 키스를 보낼 것을 알고 똑같이 화답하고, 그러다 천천히 방문을 닫고, 그대로 문고리를 잡은 손을 놓지 않은 채 벽에 등을 대고 소설책이 가득 들은 여행 가방을 바라본다.

이 방 안, 내게는 아무리 떠올리고 떠올려도 마르지 않는 기억들이 있다. 내 마음 하나, 커다란 가시칠엽수. 그 은은한 귓속말을 애써 뿌리친 나는, 담담히 입고 있던 옷을 벗고 샤워 부스로 들어간다.

6

끈적한 칵테일 잔과, 굵고 맑은 땀방울. 옆으로 누운 태양에 빛나는 솜털로 뒤덮인 팔과, 산만한 웃음소리. 어디든 느릿하게 흘러가는 8월, 확실한 여름이다.

첫째 주, 모나의 브라이덜 샤워는 성공적으로 진행되었다. 케이티와 내가 계획한 대로 덥고 습한 날씨에 바람이 부는 방향까지 계산에 넣은, 모든 것이 착착 들어맞는 파티였다.

집에서 멀지 않은 곳에 탁 트인 잔디밭이 있었다. 그곳에서 오랜 세월 동안 자라고 있던 커다란 벚꽃 나무들. 우리는 그 아래 수술 달린 파라솔을 꽂은 뒤, 테이블을 펼치고 스트라이프 식탁보를 깔았다. 풀과 꽃으로 장식한 신부용 의자에는 푸실리를 앉혔다. 마카롱, 에클레어, 레몬 마들렌, 설탕 케이크. 크림 퍼프로 만든 디저트 타워와 기억을 되살려 우리 식대로 만들어 본 모나의 라비올리.

"너희를 위해서라면 죽어도 좋아."

넓적하고 커다란 접시에 초를 꽂은 노오란 라비올리가 등장했을 때, 모나가 눈물을 훔치며 한 말이었다.

스트리퍼도 결국은 불렀다. 경찰 제복을 입은 다부진 체격의 스페인 남자들이 끈적한 눈빛을 하곤 벚나무 아래로 찾아와 춤을 췄다. 모나는 흰색 망사 드레스를 입었고, 케이티와 르네와 나는 베이비핑크색 실크 원피스를 입었다. 불투명한 분홍색 칵테일을 한 잔 두 잔 넘길 때마다 흥은 배가 되었고, 우리는 손목에 하얀 코르사주를 했다.

집으로 돌아오는 길에 잠시 기억을 잃었다가 더운 숨을 토해내며 눈을 뜨자 침대 아래 바닥이었다. 작은 은색 선풍기가 나를 마주하며 고개를 돌리고 있었고, 이미 멀끔하게 샤워를 마치고 나온 르네는 화장대 앞에 앉아 머리를 빗고 있었다. 내 팔에 감긴 하얀 코르사주가 선풍기 바람에 흔들리는 장면을 마지막으로, 나는 다시 눈을 감았다.

그로부터 2주 뒤, 르네의 생일 파티. 남프랑스에서 21살이 된 내 동생. 8월 중순, 당연히 더웠다.

르네가 외식을 하고 싶다고 해서 미리 레스토랑을 예약해두었다. 우리는 율마로 잘 정돈된 야외 테이블 자리에 앉았다. 빨간색의 스팽글로 된 파격적인 홀터 넥 드레스를 입은 르네는 양배추와 함께 바싹 구운 오리 요리를 특히 맛있게 먹었다. 바질 소스에 청경채가 함께 담긴 에스카르고와 토르텔리니 면에 딸레지오 치즈를 올려 화이트 트러플로 마무리한 파스타. 처음 접해 본 타피오카 튈이라는 히비스커스 빛의 디저트도 좋았다고 했다. 거리의 조명과 은은한 촛불들이 테이블 위 물병과 와인 잔에 묻어 르네의 눈썹 뼈와 광대뼈를 비롯한 얼굴의 아름다운 각과 쇄골, 그리고 어깨를 뽀얗게 빛내 주었다.

저녁을 먹고 집으로 돌아와서는 다 같이 뒷마당에 모여 사진을 찍었다. 케이크는 잭이 준비해 온 것으로 잘랐다. 콘스탄틴거리에서 쇼윈도 너머로 발견하고는 딱 르네 생각이 나 곧바로 주문해 두었다고 했다. 메종 미모사. 르네의 상체만 한, 무려 4단짜리 케이크였다.

초코 시트 위로 한 겹 연하게 발린 생크림에는 바닐라 빈이 콕콕 박혀 있었고, 그 덕에 오묘한 진줏빛을 띠었다. 층마다 무화과와 블루베리, 보라색 포도와 라벤더 꽃이 흐드러져 있는 거대한 케이크였다. 모두들 그것을 보고, 가히 예술 작품이라며 박수를 쳤다. 커다란 케이크 너머 만족스러운 미소를 짓는 르네의 말간 얼굴을 보는 것은 나에게 살아있을 이유를 다시금 상기시켜 주었다.

남프랑스에서 보내는 길고 긴 여름날에 걸맞은 하루하루. 우리는 늘 새로운 파티를 준비했고, 파티를 열지 않는 날에는 시내에 나가 잘 모르는 이의 파티에 참석하기도 했다. 덕분에 과거가 아닌 현재를 사는 기분으로 지낼 수 있었다.

드디어 기다리고 기다리던 모나와 필립의 결혼식이 일주

일 앞으로 다가왔다. 9월하고도 이틀이 지난 오늘. 그토록 열정적이던 태양도 한풀 꺾여 이제는 물러가려는 듯, 팽팽하게 짓누르던 공기 막이 연해지기 시작했다.

온 집 안이 쥐 죽은 듯 고요했다. 눈을 감고 누우면 커다란 창을 통해 불어오는 저녁 바람에 기다란 커튼이 바닥을 긁는 부드러운 소리가 들렸다. 남자들이 얼마 남지 않은 총각으로서의 필립을 데리고 시내로 놀러 나간 덕분이었다. 결혼식을 앞둔 예비 신부에게는 절대적인 안정이 필요하다나 뭐라나.

케이티가 토마에게 어느 적정선은 지키라며 감시를 맡겼지만, 모나는 바라지도 않는다며 코웃음을 쳤다. 우리 여자들은 모나의 방에 모여 아이스크림을 먹으며 마스크 팩을 했다. 모든 창문을 활짝 열어 둔 채, 카를라 브루니의 전곡이 녹음되어 있는 CD를 틀고.

"아, 좋다."

와인 잔에 던 딸기 맛 아이스크림을 한 스푼 떠 입으로 가져가며 만족스러운 듯 모나가 말했다. 구불거리는 갈색 머리를 두 갈래로 나눠 천천히 땋고 있던 르네가 그 말에 반응한다.

"긴장되지 않아요? 기분이 오락가락한다든지, 갑자기 막 도망치고 싶다든지."

탄탄하고 고른 피부색의 다리를 한 번 꼬아 쭉 펴는 모나. 우리를 향해 싱긋 웃고는 "아니, 전혀." 하고 말한 뒤 덧붙인다.

"해야 할 일을 하는 기분이야."

끈적한 팩을 떼어낸 그녀의 얼굴에 매끈한 광이 돈다. 긴장
감이라곤 전혀 찾아볼 수 없을 만큼 밝고 후련한 미소. 자유
분방한 프랑스 여자들도 결혼을 해야 할 일 중 하나라고 생각
하고 있었구나. 나는 천천히 자리에서 일어나는 케이티의 등
을 바라보며 생각했다.

"어머, 이게 뭐야?"

화장실에 다녀온 케이티가 화장대 위에 있던 작은 보석함
을 집어 들며 물었다. 커다란 조개로 만들어진 보석함으로,
섬나라에서 기념품으로 사 온 것이었다.

모나 대신 내가 말했다.

"보라보라의 심장."

"이런 게 있었단 말이야?"

나는 고개를 끄덕이는 것으로 대답을 대신한다.

"어디에서 샀어?"

케이티는 조개 보석함을 캐스터네츠처럼 잡고 귓가에 갖
다 대었다. 딸깍, 딸깍. 보석함을 열고 닫을 때마다 어깨에 닿
을 듯한 그녀의 짧은 금발이 함께 흔들린다.

"또 가고 싶다, 그치?"

보라보라, 하고 작게 읊조리며 나를 향해 동의를 구하듯 묻
는 모나. 나는 눈을 반으로 접으며 고개를 끄덕인다.

책과 함께 녹아내리던 겨울의 뜨거운 모래사장. 배 아래로
비치타월 한 장 깔아 둔 채, 선크림을 열심히 바른 몸을 따끈

하게 익히던 그 나른한 오후. 수영을 하다 추워지면 해변으로 나와 엎드려 책을 읽었고, 그러다 졸리면 낮잠을 잤고, 인중에 땀방울이 송골송골 맺힌다 싶으면 다시 물속으로 들어가 수영을 했다. 모나와 필립, 그리고 케이티를 만나게 해준 망고와 마사지의 섬.

— 촌스럽게 굴지 말고 태양을 만끽하고 와.

보라카이로 떠나기 전날 밤, 은색 캐리어에 짐을 챙기고 있을 때 은근슬쩍 태닝 크림을 밀어 넣으며 엄마가 한 말이었다.

— 바캉스를 갔으면 살도 좀 태우고 그래야지.

12월 30일. 그때 뉴욕은 겨울이었고, 우리는 둘 다 양털로 만든 두툼하고 포근한 파자마를 입고 있었지만, 또 창밖에서는 찬바람이 쌩쌩 부는 소리가 무섭게 들려왔지만, 아무튼 엄마는 그렇게 말씀하셨다.

— 여름에 피부가 너무 하야면 재미없어.

그 마지막 말에 나는 수긍하였다.

"좋았겠다, 보라보라."

양쪽으로 다 땋은 머리카락 끝자락을 만지작거리며 르네가 말한다.

"어머, 좋았고 말고."

케이티가 말을 받았다.

"아마 수키한테는 특히 더 좋았을걸."

갑작스러운 공격. 모나 역시 맞장구를 치며 "어휴, 말도 마." 하고 키득거린다.

12월 31일. 보라카이 화이트 비치 해변가에서 큰 소리로 음악을 틀고 있던 바, 아플라야. 이날 밤의 이야기는 필립이 모나와 함께 춤을 추고 오겠다고 의자를 비웠을 때 하와이였든가, 두바이였든가, 하여튼 중동 부자 느낌을 풍기는 남자가 말을 걸어 와 함께 술잔을 부딪힌 것으로 시작된다. 두 번째 잔을 입으로 털어 넣을 때, 그가 내게 "내일 아침, 너와 함께 눈을 뜨고 싶어." 같은 진부한 소리를 하는 바람에, 나는 자리에서 벌떡 일어나 카운터 코너로 도망을 쳤다.

도망친 코너에는 또 다른 프랑스인들이 있었다. 그중 귀여운 남자 하나. 큰 키에 웃을 때 보이는 살짝 벌어진 앞니를 발견하자마자 나는 이 남자가 나를 위해 어디까지 할 수 있을지 알고 싶어졌다. 이름은… 막심? 이 부분은 기억이 좀 흐릿하다. 내가 그를 껴안고 있다 볼에 뽀뽀를 한 것은 정확하게 기억이 나는데. 막심의 뺨에 돋아난 짧은 수염은 까슬하다기보다는 부드러웠다.

함께 갔던 친구들 중 에디와 그레이스는 피곤하다며 숙소로 먼저 돌아갔지만 로라는 나와 함께 남아 계속 소라고둥을 불며 그 작은 바를 신나게 휘젓고 다녔다.

우리는 디제잉 부스 쪽으로도 자리를 옮겨 춤을 췄다. 해변가를 걷던 모든 이들이 우리를 보고 플래시를 켜 동영상을 찍어 갔다. 나는 베이직한 검정 나시에 얇은 오간자 카디건을 걸치고 있었다. 분홍과 파랑, 흰색이 섞인 야들야들한 카디건을 입고 몸을 움직일 때마다 옷자락이 만들어내는 작은 바람이 허벅지를 살랑살랑 간지럽혔다.

그렇게 춤을 추던 중 오스트리아에서 온 크리스를 만났다. 내 또래인 것으로 보였다. 짧은 머리, 다부진 몸, 커다란 손.

아까 그 진부한 중동 부자가 어느새 다시 나타나 우리를 보고는 질투하며 나를 자기 쪽으로 끌어당겼다. 그러자 짧은 머리를 한 다부진 몸의 크리스가 여기는 이제 재미없다며, 밖에 나가서 좀 걷자면서 내 손을 잡아당겼다. 커다란 손.

나는 소라고둥 로라를 데리고 함께 나왔다. 크리스의 친구가 자연스럽게 로라를 에스코트하여, 우리는 둘씩 짝을 지어 나란히 걸었다. 그러다 로라가 숙소로 돌아가겠다고 하는 바람에 모래사장에는 크리스와 나, 그렇게 둘만 남게 되었다. 그러고 보니 로라를 데려다 주겠다던 크리스의 친구 이름은 아직까지도 모르고 있다는 것을 깨달았다. 하지만 그 상황에서 그런 게 내게 중요했을 리 없었다. 그때 내게 중요했던 것들은 따로 있었다.

오스트리아에서 왔다던 크리스가 단둘이 해변을 걸을 때 사실은 독일인이라고 고백한 것과, 손을 잡고 해변가의 끝 스테이션 1까지 걷다 온통 백인들뿐이던 파티를 발견한 것. 그 파티에서 무지막지하게 맛있는 피나 콜라다를 마신 것, 그때 마신 피나 콜라다를 이길 만큼 맛있는 피나 콜라다는 이제껏 없었다는 것, 아직도 가끔 생각이 날 정도라는 것. 무아지경에 이를 만큼 격렬하게 춤을 춘 것, 파티의 흥분이 아직도 가시지 않아 땀범벅이 된 채 오픈도 하지 않은 새 호텔에 몰래 들어가 보았던 것. 크리스가 호텔 발코니에 손을 대자 스르륵 문이 열렸던 것과 아직 비닐도 다 벗기지 않은 침대에 몸을 던지자 까슬한 모래가 다리에 느껴졌던 것. 신나는 놀이를 하기 전의 아이들처럼 손을 깨끗이 씻으러 다시 일어난 것과 그러는 동안에도 나는 목뒤와 어깨로 느껴지는 따뜻하고 축축한 '입술의' 감촉을 마음껏 즐기고 있었던 것. 얼마 지나지 않아 내가 크리스에게 아기처럼 안겨 밖으로 나온 것. 숙소까지 돌아가는 길에는 잠시 딴 길로 샜는데, 나무로 만들어진 높은 전망대를 발견해 그 위를 올라간 것. 라이프 가드처럼 사다리를 올라가는 동안에는 크리스가 "넌 할 수 있어. 강인하고 독립적인 여성이니까." 하고 다분히 유럽 남자스러운 말을 한 것. 그 위에서 크리스의 다리를 베고 누워 별을 센 것. 바닷바람이 산들산들 불었고, 그 바람에 야자나무가 흔들렸고, 나는 모든 것이 충족된 상태였고, 그렇게 우리는 다시 한번 하늘 위에서 키스를 한 것. 크리스가 숙소 방 바로 앞까지 데려다 주어 안전하게 귀가한 것. 꼭 다시 만나자며 서로의 연락처를 교환한 뒤 그대로 헤어지기 아쉬운 마음에 작별 키스를 세 번이나 한 것. 그러고는 끝내, 쉽게 닫히지 않던 방문을 결국에는 닫아야만 했던 것. 하지만 몇 분도 안 되어 누군가 문을 두드리는 소리가 나 밖으로 나가 보니 또다시 크리스였던 것! 커다란 손을 잡고 따라가자 도착한 곳은 한 층 위 아무도 없는 방이었던 것. 쉿, 하는 손짓과 함께 또 어떤 방문을 밀더니 스윽, 하고 자연스럽게 열렸던 것. "크리스 손은 마법의 손이야?" 하고 묻자 그 손이 한 번 더 내 몸을 타고 흐르며 마법을 부린 것. 두 번째 마술쇼가 끝이 난 뒤에도 우리는 한참을 끌어안고 있었던 것. 누가 올 새라 심장이 콩닥대면서도 무언가 위험한 짓을 하고 난 뒤에 느껴지던 그 짜릿함을 나는 아직도 생생히 기억하고 있다는 것. 돌아갈 생각이 없어 보이던 크리스를 겨우 달래고 일어나, 다시 조용히 친구들이 자고 있는 방으로 돌아온 것. 샤워를 하고 나와서 침대에 누워 정말 잊을 수 없는 귀여운 밤이라고 일기에 쓴 것. 하지만 크리스와 나는 그 후로 단 한 번도 연락을 하지 않았고, 잊을 수 없기는커녕 끝내 서로에게 점점 잊혀 간 것.

나는 입을 떡 벌린 채 여전히 키득대고 있는 모나와 케이티 자매를 쳐다보았지만 이렇게 모든 기억을 꺼내고 있자니 딱히 반박할 처지가 되지 않는다는 것을 빠르게 깨닫고 입을 닫았다. 보라카이에는 함께 가지 않았던 르네 또한, 그 자리에는 없었지만 알만 하다면서 아랫입술을 힘없이 문 채 어깨를 으쓱했다.

"거기에서 만난 인연이 이렇게까지 이어질 줄 누가 알았겠니."

고개를 떨구고 이불보를 만지작거리는 모나. 얼굴에는 여전히 엷은 미소가 띠어져 있다.

"어머."

팩에 남은 에센스를 목에 퍼 바르던 케이티가 시간을 확인하고 놀란 듯 일어났다. "다들 알았어? 벌써 시간이 이렇게 된 거?"

"이제 자야겠다."

르네가 먼저 몸을 일으켰고, 나도 침대에서 막 일어날 준비를 할 때였다.

"잠시만, 수키."

고개를 돌리자 모나가 머리맡에서 공책 하나를 꺼내 내게 내밀었다.

"나 이것만 마지막으로 한번 봐줘."

혼인 서약서였다. 서로에게 써온 편지와 앞으로 펼쳐질 결혼 생활에 대한 약속.

나는 다시 침대에 앉는다.

"일찍 자, 첫째들."

케이티가 르네를 데리고 나가며 모나와 내 뺨에 가벼운 굿나이트 키스를 하고 뒤를 돌았다. 나는 고개를 들어 눈짓으로 인사를 보내고 모나의 옆으로 가서 앉는다.

"다 쓰긴 썼는데, 혹시나 해서."

공책을 건네받자, 모나가 부끄러운 듯 가까이 다가와 옆얼굴을 맞댔다. 입고 있는 코튼 반바지 위로 올려 둔 그녀의 혼인 서약서.

"모나."

나는 첫 줄부터 감격해, 읽던 것을 가슴팍에 가두고 그녀를 바라보았다.

머릿속에 그려졌다. 날씨 좋은 9월, 성당에서 모두의 축복을 받으며 인생의 새로운 여정을 그려 나갈 내 친구의 모습이. 행복하게 웃고 있고, 그런 그녀의 콧잔등에는 고양이 주름이, 필립의 볼에는 사랑스러운 보조개가 피어 있을 모습이.

"어때? 괜찮아?"

아직도 감상에 젖어 있는 나를 보며 모나가 물었다.

"완벽해."

"다행이다.

코를 찡긋할 정도로 환하게 웃는 그녀가 공책을 다시 받아 든다.

나는 그녀가 알게 모르게 긴장하고 있다는 것을 그때 알았다. 늘 자신감 넘치는 해적 같은 모습의 그녀였지만, 모나는 지금 살짝 상기되어 있었다. 하기야 아무리 10년 가까이 해온 연애라고 한들, 그녀 역시 결혼은 처음 해 보는 것일 테니.

커다란 한숨을 시원하게 내쉰 그녀가, 다시 한번 내게 와줘서 고맙다는 말을 했다.

"결혼식 날, 나 울어도 돼?"

나는 어쩌면 조금 눅눅할지도 모르는 그 감동적인 공기에서 빠져나와 호들갑을 떨었다.

"제발."

눈을 위로 굴리는 모나.

"뭐 입을지도 다 정해졌고, 나랑 르네는 케이티랑 토마랑 잭과 앉으면 되는 거지?"

우리는 창백할 정도로 흰빛이 도는 분홍색의 튤 드레스를 입을 예정이었다. 프랑스에서는 '증인'이라고 불리는 신부 측 들러리가 입을 분홍색 튤 드레스.

"사실, 네가 꼭 알아야 할 게 하나 있어."

고개를 끄덕이던 모나가, 다리를 모으고 가만히 앉아 어린 아이가 고백하듯 조심스럽게 입을 연다.

"응, 뭔데?"

나는 그녀의 갑작스러운 몸짓에 침대 한쪽으로 떨어뜨린 발을 가볍게 통 통 차며 대꾸했다. 그녀 옆, 아이스크림을 담고 있던 와인 잔 겉으로 하얀 서리가 맺혀 있다.

"리버."

리버.

"리버도 초대했어, 필립이."

시간이 멈춘 줄 알았다. 언제 들어도 익숙해지지 않는다. 이 이름은.

내 표정을 살피던 모나가 조심스럽게 덧붙였다.

"올지 안 올지 아직 확실한 건 아니야. 일 때문에 바빠서, 상황을 봐야 한다고 했거든."

지금은 어디에 있는데? 하고 묻고 싶은 것을 꾹 참는다. 혼자 온대? 하고 묻고 싶은 것을 꾹 참는다.

"근데 만약 오면 너희와 한 테이블에 앉아야 하지 않을까."

친구들이 내 눈치를 볼 이유는 없었다. 애초부터 잭의 친구였으니까. 그리고 모나와 필립, 케이티와 토마, 내 친구이기도 하고. 이들의 결혼식 역시, 초대받아 마땅하다고 생각한다.

나는 티 나지 않게 조용히 숨을 한번 들이쉰다.

잠시 시간을 들인 뒤에, "알까?" 하고 묻는 나. 최대한 아무렇지도 않은 표정으로 보이길 간절히 바라며.

"알까? 내가 여기 있는 거."

"당연히 알겠지."

그 말을 끝으로, 우리는 한동안 아무 말 없이 방 안을 타고 흐르는 노랫소리를 들었다.

모나에게 폭탄이라면 폭탄선언을 들었지만, 생각보다 아무렇지 않은 표정으로 방으로 돌아왔다. 르네는 이미 커다란 곰 인형을 꼬옥 껴안은 채 잠에 들어 있었다.

창을 넘어 연결된 발코니로 나간다.

9월 초 남프랑스의 공기는 부드럽고, 풍부하다. 폭삭 식은 바람이 날아와 코끝을 지나, 귀 뒤로 넘어가는 것을 가만히 느낀다. 팔짱을 끼고, 크게 들이마신 숨을 빠르게 내뱉는다. 심호흡 끝에 마음이 후련해지긴 무슨, 심장은 다시 조급하게 뛴다.

그를 다시 볼 수 있으리라고는 생각한 적 없었다. 그러길 바라기는 했지만, 정말로 간절히 바란 것은 맞지만, 실제로 그런 일이, 그런 기회가 내게 오리라고는 기대한 적 없었다.

나는 눈을 감고 이제는 오래전 일이 되어버린 우리 관계를 돌아본다. 여행자가 무모할 수 있는 것은, 그곳엔 지켜야 할 일상이 없기 때문일까.

겨울, 뉴욕. 그렇게 좋았던 우리는 끝이 났다.

식탁에 도톰한 편지 봉투가 놓여 있었다. 그 안에 들어 있던 일본행 비행기 티켓. 나는 그것이 무슨 뜻인지 알았다. 리버는 결국 일본 지사로 발령이 났다는 것.

"두 장이네."

그리고 그 길을 내가 함께해 주기를 바라고 있다는 것.

"같이 가줬으면 해."

리버는 줄곧 그렇게 말했다. 남프랑스의 버터 색 방 안에서도, 뉴욕의 어둡고 눅눅한 지하 동굴 같은 재즈 바에서도. 우리는 함께하고 싶은 것들이 아직 많이 남아 있었다.

왜였을까, 선뜻 같이 가겠다는 대답을 할 수 없었던 건.

리버는 주저하는 나를 보고는 덧붙였다. 지금 바로 대답해야 하는 건 아니라고, 모든 걸 충분히 이해한다고.

리버 역시 아직 끝내야 할 공부가 있는 내게, 가족과 친구들과 강아지가 모두 이곳에 있는 내게 아주 당연하게 자신과 함께 일본으로 날아가 새 삶을 시작해달라는 억지를 부릴 수 없다는 것을 알았다. 하지만 서운한 감정이 드는 건 어쩔 수 없었으리라.

리버는 혹시 결정에 시간이 필요한 거면 그렇다 말해달라고 했다. 하지만 나는 아무 말도 할 수 없었다. 그저 고개를 끄덕이는 것 말고는 별다른 반응을 보일 수 없었다. 잠시 정적이 흘렀고, 리버는 한 번 더 물었다.

"날 사랑하지 않아?"

나는 그를 사랑했다. 너무 사랑해서 말라죽을 지경이었다. 장미에게 필요한 것은 비가 아닌 강물이었다.

"우린 아직 어리잖아, 수키."

나는 내가 누군가를 좋아하는 바람에 그것에 무력해지는 것이 두려웠다. 처음 느껴보는 감정이었다. 그가 없으면 단 1초도 살 수 없을 것 같은 나 자신이 싫었다.

"거기서 평생 살자는 건 아니야. 몇 년 안에 다시 뉴욕으로 돌아오게 될 수도 있어. 그게 그렇게 어려워?"

리버는 뭐가 그렇게 쉬웠을까. 모든 걸 다 던져 버리고, 아는 이 하나 없는 곳으로 나와 떠나겠다는 그 모든 것이.

나는 간신히 입을 열었다.

"우린 아직 어리잖아."

그날 이후로 우리 사이에는 기묘한 틈이 생겼다. 같은 이유로 생긴 말다툼은 다시는 없었으나 오히려 그런 점이 우리를 더 위태롭게 만들었다. 리버가 곧 일본으로 가야 한다는 걸 알면서도 나는 이곳에 남겠다고 한 것은, 우리에게 일종의 시한 선고가 내려진 것과 마찬가지였다.

그러면 이제 우리는 어떻게 되는 거지? 이렇게 끝?

한동안 우리는 헤어질 때가 언제인지 정확하게 알면서도, 앞으로 마주해야 할 슬픔 같은 것은 모르는 척하고 지내야 할 고통스러운 운명에 처해 있었다.

리버의 작은 행동 하나하나에 온 신경이 곤두섰다. 그가 '일'이라는 이유를 대며 잠시라도 외출을 할 때면 어딘가 멀리 떠나기라도 하는 듯한 기분이 들어 좀처럼 가만히 있을 수가 없었다. 늘 불안함과 고통이었다. 하지만 이후에 겪은 불행에 비하면 그때 당시에 느낀 불행은 아무것도 아니었다.

모나의 방에서 가지고 온 빈 아이스크림 잔을 발코니 끝자락에 가만히 올려놓는다. 그대로 가만히. 양팔을 아래로 떨군 채 난간에 몸을 기댄다. 들려오는 풀벌레 소리에 조용히 눈을 감아본다.

리버를 제외한 모든 것이 미웠다. 짐작은 하고 있었지만 막상 상황이 닥치자 생각했던 것보다 더 어려웠다. 그 행복을 결코 놓치고 싶지 않다는 욕심, 우리의 사랑을 무기한 연장하고 싶다는 욕심. 고작 스무 살 때의 일이다. 이게, 나로서는 할 수 있는 최대한의 변명일지도 모른다.

결국 리버가 본인과 같은 누군가를 원하게 되면 어떡하지.

매일 저녁, 나는 나 자신에게 고통스러운 질문을 했다. 어디든 훌쩍 떠나자고 말하면 그가 내민 손을 선뜻 잡는 그런 사람. 매일이 여행이고 모든 순간이 열정으로 가득 찬 그런 사람.

그런 누군가를 벌써 찾았으면 어떡하지?

한번 시작된 의심은 끝이 없었다. 차라리 그렇게 배신을 당할 바에는 계획된 우연을 가장하여 내가 먼저 뒤도는 것이 나을지도 몰랐다. 하지만 내게는 행할 용기가 없었다. 한번 자라난 마음을 멈출 방법 또한, 나는 몰랐다.

그대로 눈을 떠 발코니 아래에 핀 겹백합을 바라본다. 달빛을 받아 숭고하리만큼 밝은 빛을 뿜내고 있는 꽃나무.

뒤를 돌아 한쪽 창을 닫고 기다란 커튼을 친다. 르네의 커다란 곰 인형 품으로 파고 든다. 눈을 감고, 좀처럼 오지 않는 잠에 들기 위해 노력한다. 잠에 든다.

7

다만 한번 젊을 뿐인 우리, 한 번도 상처받지 않은 것처럼 사랑하라.

타닥타닥. 방 안에 키보드 자판을 두드리는 소리가 울려 퍼진다. 부엌 아일랜드 위, 라디오에서 흘러나오는 유명 DJ의 차분한 목소리. 분주한 뉴요커들의 점심시간을 8년째 책임지고 있다. 창문 너머로 보이는 커다란 거울 같은 건너편 아파트. 그 표면에는 엠파이어 스테이트 빌딩이 조그마한 크기로 반사되어 보인다.

가을. 센트럴 파크의 나무들이 붉게 옷을 갈아입고 꼬리가 긴 청설모들이 인도까지 내려와 도토리를 주워 가는 계절이 왔다. 거리를 걸을 때마다 발에 치이는 낙엽이 바스락거리는 소리가 나고, 쏟아지는 햇살은 일 년 중 가장 깨끗한 느낌을 준다.

르네와 나는 친구들의 결혼식 다음 날 바로 돌아왔다. 도망치듯, 뉴욕으로.

더워지기 시작할 때 떠나 추워지기 시작할 때 돌아온 뉴욕은 여전히 단 한 번도 잠들지 않은 것처럼 분주했고, 그 자체로 시끄러웠고, 지저분한 거리에 눈살이 찌푸려졌지만 피자는 여전히 맛있었다.

한 시간마다 들려오던 유럽 성당의 종소리와 위로 솟아 오른 분수가 찰싹하고 떨어지던 모습, 동그랗고 커다란 비눗방울이 톡, 하고 터지던 잔상은 아직도 내게 여름으로 남아 있다.

돌아온 지는 한 달 남짓이 지났다.

금요일이다. 라디오를 끄고, 라흐마니노프의 피아노 협주곡 2번이 녹음된 CD를 튼다. 나는 이 곡의 웅장한 도입부가 특히나 마음에 든다. 작곡가가 3~4년 간 시달린 우울증을 극복하고 만든 곡이라고, CD를 가져다 준 엄마가 알려 주었다. 눈에는 알게 모르게 걱정이 서려 있었다.

모나와 필립의 결혼식은 경건하게 시작되었다. 스테인드 글라스 창문과 근사한 계단으로 장식된 성당의 내부. 니스 칠이 되어 있는 기다랗고 매끈한 성당 벤치와, 영혼까지 맑게 씻기는 기분이 들게 하는 신성한 오르간 연주. 황홀할 정도로 차분한 예식이었다.

신부가 입장했을 때, 예상대로 케이티와 나는 울음을 터트렸다. 캐리비안의 피가 섞여 탄력 있는 피부와 기다랗게 쭉쭉 뻗은 모나의 팔다리. 막 꺾어온 풀꽃처럼 당당하고 자신감에 찬 표정으로 순백의 드레스를 입은 그녀의 모습은 정말이지 아름다운 초콜릿 그 자체였다.

모나, 당신은 내 반쪽이야. 아침에 눈을 떠 오늘도 내 옆에
누워 있는 당신을 보는 것은 날 안심하게 해. 그리고 그 안심
은 오늘로 딱 9년 째가 되었어. 확실히 알 것 같아. 이 세상 단
하나의 내 편이 주는 안정을. 당신 없는 내 인생은 상상할 수
가 없어. 사랑해, 진심을 다해.

주례 신부님이 모나와 필립이 서로에게 써온 편지를 차례
로 낭독했다.

필립, 당신은 매일 내 얼굴에 웃음 짓게 해. 당신 덕분에 내
안의 진실한 나를 마주하게 됐어. 당신이 그랬지, "생의 마지
막 날처럼 매일을 살자." 나는 내 생의 마지막 날에도 당신과
함께할 것을 믿어 의심치 않아. 사랑해. 평생을 다해.

그리고 그들은 다음과 같이 신부님을 따라 맹세하였다.

Mona, je t'aime. 모나, 당신을 사랑합니다.

Et je te prend, Mona, pour être mon épouse. 당신을 내 아
내로 맞습니다.

Pour avoir et tenir de ce jour vers l'avant. 오늘부터 영원히.

Jusqu'à la mort nous sépare. 우리가 죽는 그날까지.

이어서 결혼의 증표로 반지를 나누어 낀 후, "Je le veux(함께하길 바랍니다)." 하고 동시에 말했다. 성모 마리아 상의 발치에 꽃을 내려놓는 것을 마지막으로, 일주일 전에 시청에 가서 혼인 신고까지 하고 온 그들은 드디어 온전한 부부가 되었다.

나는 내가 가장 사랑하는 프랑스인들이 서로를 사랑으로 바라보는 모습을 바라보며 박수를 쳤다. 그들은 이렇게 결혼할 운명이었던 것이다. 모나와 필립, 그리고 배 속에 들은 버터컵. 토마와 잭 사이에 앉은 르네가 눈물을 훔치는 우리를 보고는 낄낄대며 사진을 찍어 댔다. 그 사진들은 모두 인화하여 냉장고에 붙여 두었다. 평온한 햇빛 아래서 낮잠을 자는 듯, 조용하고 은은하던 모나와 필립의 성당 결혼식.

밖으로 나와서는 분위기가 180도 바뀌었다. 축제였다. 릭 애슬리의 〈네버 고너 기브 유 업(Never Gonna Give You Up)〉이 울려 퍼졌다. 여자들은 연분홍색으로 사랑스럽게 퍼지는 튈 드레스를 입고 델피니움과 장미, 산수국이 가득 피어난 정원을 뛰놀았다. 신혼부부를 향한 쌀과 꽃이 뿌려졌다. 글라스를 켜켜이 쌓아 만든 아슬아슬한 타워 맨 꼭대기 잔을 시작으로 금빛 샴페인이 부어졌다. 끈적한 손잡이를 잡고 하나씩 빼어 들자 잔 속에 들은 투명한 액체가 찰랑거렸다.

행복하다.

조그마한 크로캉부슈(Croquembouche, 프랑스의 전통 웨딩 케이크)를 두 손가락으로 집어 입속으로 넣으며 한 생각이었다.

얇고 깨끗한 피크닉 매트 위에는 잘 짜인 라탄 바구니가 놓여 있었다. 블랙 타이를 입은 토마와 잭은 공작부인이 중세 시대에서나 사용했을 것 같은 양산을 어깨에 삐딱하게 걸치고는 피크닉 매트 위에 누워 포도를 가지째로 잡고 뜯어 먹었다. 허리에 받친 쿠션을 이리저리 움직이며 편한 자세를 찾던 그들의 맞춤 정장 바지 아래로 훤한 발목이 시원하게 드러났다. 모래색의 파라솔 아래, 푹신한 쿠션이 올려진 라운지체어에 몸을 기대어 하늘을 올려다보면 나무 그림자가 비쳐 보였고, 그 모양은 꼭 표범 무늬 같았다.

이파리 사이사이로 떨어지는 햇살. 눈을 감자 이마가 따끈하게 덥혀졌다. 바람 한 점 불지 않는 맑은 날씨 탓에 활기찬 음악과는 달리, 시간은 이상하리만큼 천천히 흘러가는 기분이 들었다.

그날 결혼식에 참석한 모두가 한데 모여 사진을 찍을 때, 나는 신부 바로 옆에 있었다. 모나가 잠시 고개를 돌려 나를 바라보았고, 내 손이 올려져 있던 왼쪽 팔에 힘을 주어 나를 자신의 곁으로 바짝 당겼다. 우리는 눈을 맞췄고, 아무런 말도 하지 않았지만, 둘 다 고개도 끄덕이지 않았지만, 나는 그때 한 번 더 살짝 울 뻔했다.

"그만 울어, 창피해."

귀에 대고 속삭이는 르네 덕에 입술을 꾹 깨물고 참을 수 있었다.

피로연은 저녁 늦게까지 계속되었다.

리버는 오지 않았다.

'엄마야. 홀푸즈에서 장 보는 김에 샐러드 좀 포장해서 너희 집으로 보냈어. 잘 먹어야 안 아프다. 아프면 다 소용없어.'

삑 소리와 함께, 자동 응답기에서 엄마의 활기찬 목소리가 들려온다. 본인만큼은 진지한 말투지만, 특유의 애교는 숨길 수 없다.

'나중에 아프다고 하지 마.'

염려하는 내용에 그렇지 않은 화법. 나는 가볍게 콧방귀를 뀌곤, 키보드 위 멈춰 있던 손가락을 다시 움직인다.

엑상프로방스에서 돌아온 후로는 거의 매일 아팠다. 시간이 지나면 지날수록 자라나는 그리움에 매일을 울고 또 울었다. 아파서 울고, 울면 아팠다.

그 결정을 내렸을 시기의 일기를 다시 찾아 읽어 본다.

1월 8일 목요일

신께 기도했다. 오, 제발. 내 곁을 떠나게 하지 마소서.

나는 몰랐다. 지키고 싶은 것이 있다면, 그것을 좀 덜 지킬 줄 알아야 한다는 것을. 모든 의심은 하늘을 향해 쏘는 화살과도 같았다는 것을. 하나도 빠짐없이 나에게로 돌아왔다는 것을. 그래서 가장 아픈 사람도 나였다는 것을. 남은 것은 나의 못난 얼굴과 매일 밤 일기에 써 내려간 날이 선 문장들뿐이었다는 것을. 나의 사랑은 진작에 남프랑스 작은 마을, 엑상프로방스에 두고 왔다는 것을.

어느 날, 오늘처럼 달이 아주 노랗고 동그랗던 밤. 수십 통의 전화가 걸려 왔지만 나는 그 중 단 한 통도 받지 않았다. 다음 날 아침, 집으로 돌아가 리버의 차가운 표정을 마주했을 뿐이었다.

— 이런 식으로 날 떠나는군.

떠나는 게 대체 왜 나라는 거야.

그날 오후, 우리는 아무 말도 하지 않고 각자 점심을 먹었다. 같은 날 저녁, 도서관에 다녀온 사이 리버는 나가고 없었다.

그런 날이 있었다. 잘 지내다가도 문득 그 사람 생각에 사무쳐 잠 못 이루던 밤. 나는 내 손가락 사이사이를 거슬러 지나가던 그의 밤색 머리칼이 얼마나 부드러웠는지 떠올리다 다시는 그렇게 부드러운 머리칼을 만질 수 없단 것을 깨닫곤 두 손으로 얼굴을 감싸고 엉엉 울었다.

내 잘못이야. 전부 다 내 잘못이야.

이제 더 이상 정말로 그 모든 게 내 잘못이었는지 아니었는지는 중요하지 않았다. 그냥 내 잘못이라고 나를 탓하는 것이 오히려 내게도 좋은 일 같아서 그렇게 결론지었다. 차라리 그 편이 나았다. 내가 잘못한 것도 없는데 그가 날 떠났다고 생각하면 당장이라도 뛰어내리고 싶었다.

책상 위, 조용하고 부드럽게 돌고 있는 초침을 바라본다.

프로이트는 말했다. 사랑하는 사람을 상실했을 때에는 잊으려고 하기보다 더 떠올리고 상기시켜야 그 대상에 대한 감정을 소모시킬 수 있다고. 그래야 완전한 무의 감정만 남는다고. 그리운 마음은 돌 같은 건가? 떠올리고 떠올려 잘게 부숴야만 하는 마음의 돌.

그가 모나와 필립의 결혼식에 오지 않았던 것이 어쩌면 내게는 두 번 이별하는 것과 같았던 건지도 모르겠다. 그를 다시 볼 수 있을 거라고 생각한 나는 어쩌면 기대했는지도, 들 떴을는지도.

늦은 밤. 나는 걷기도 참 많이 걸었다. 단지 안의 선 베드와 행복한 바비큐 그릴 존. 강가 옆 나무 데크와 잔디 산책로. 나뭇잎들이 만들어낸 그림자 사이로 가로등이 비쳤다 사라지길 반복하는 것이, 꼭 천둥과 번개가 번쩍이는 것 같았다. 아니 어쩌면 내 마음이 그랬다.

1월 23일 금요일

하나님, 제가 바꿀 수 없는 것을 받아들일 인내심을 주세요.

매일 밤 두 손을 모아 기도했다. 샤워 부스 안으로 들어가 고개를 들었다. 그렇게라도 비를 맞았다. 비를 맞으며 내 고통이 씻겨 나가기를 바랐다. 이 그리움과 미련이 하루아침에 사라지길, 간절히 바랐다. 그러다 괜찮아졌다. 그 후로는 한동안 그냥저냥 살았다.

로비 프론트 데스크에서 인터폰이 울린다. 친절한 가드가 확인 차 한 전화.

"배달된 음식을 올려 보내도 될까요?"

"네."

나는 대답하고, 배달원이 문 앞에 음식을 두고 가기를 4분 정도 기다리고, 엘리베이터를 타러 돌아가는 배달원의 발소리를 다 듣고, 문밖으로 손만 뻗어 그가 두고 간 종이봉투를 안으로 들여온다.

다음 날은 토요일이었고, 나는 우람한 품에 안긴 채 눈을 떴다. 누구의 집도 아니었다. 오전 6시 47분.

인상이 절로 찌푸려졌다. 머리도 빗지 않은 채 바닥에 떨어져 있던 옷을 주워 입고, 부드러운 가죽 신발을 어깨에 그대로 멘 채 호텔 엘리베이터를 타고 열 개의 층을 단숨에 내려왔다.

집까지는 15분 정도 걸으면 되었고, 어깨를 쭉 펴고 맑은 공기를 들이마셨다. 세상도 이제 막 깨어나기 시작한 이른 시간의 차가운 공기. 거리에는 나밖에 없었다. 단풍이 흐드러진 정신없는 사거리 횡단보도를 지나며 보드라운 냄새를 맡았다. 키 큰 나무들 위로 뭉쳐 있던 하얀 먼지 같은 꽃들이 예쁘다는 생각도 했다.

집에 도착하자마자 냉장고에 넣어뒀던 파스타 상자 중 하나를 꺼내어 불 꺼진 식탁에 앉았다. 닭 가슴살과 바질 잎이 들은 살짝 매콤한 아라비아따 펜네 파스타. 두부를 조린 샐러드도 있었고, 매쉬드 포테이토와 클램 차우더도 있었다. 모두 엄마가 홀푸즈에서 장을 봐서 보내준 것들이다. 짧고 통통한 파스타 면 두 개를 포크로 푹 찔러 건져 올려 입 안으로 밀어넣자, 왠지 모르게 암울했던 미각에 생기가 돌았다.

화장실로 가 오일을 듬뿍 덜어 얼굴에 바르곤 손바닥으로 눈을 가린 채 한참을 가만히 욕조에 앉아 있었다. 따뜻한 물과 함께 몸이 풀어지는 기분에 집중하려 노력했다. 화장을 녹인 뒤에는 아주 뜨겁고 센 물로 샤워를 했다. 토너 적신 화장 솜으로 얼굴을 한번 닦고, 수분 크림을 바르고, 머리는 수건으로 돌돌 만 채 방으로 돌아와 들고나갔던 가방을 정리했다. 화장품과 지갑을 꺼내 제자리에 두었다. 방에 있던 다마신 물잔과 약 봉투들을 부엌으로 가지고 나와 쓰레기봉투에 버렸다. 화장실로 돌아가 머리를 말리고 침대로 돌아와 눈을 감았다. 시계는 이제 막 오전 9시 1분을 가리키고 있었다.

그다음 주에는 프레보에서 케빈을 만났다. 말튼호텔 건너편, 아트 갤러리 안 쪽에 숨겨진 프라이빗 프렌치 다이닝.

썰렁한 갤러리에 도착하여 예약자의 이름을 대자, 큐레이터가 커다랗게 걸려 있던 그림 중 하나를 문이라고 열어 주었다. 단 열 명만을 위한 바 자리로 이루어진 차분한 레스토랑이 눈앞에 펼쳐졌다.

"드디어!"

또각거리는 구두 소리를 내며 천천히 밑으로 내려오자, 나를 발견한 케빈이 감격스러운 듯 자리에서 일어나 외쳤다.

"잘 지냈어?"

재킷의 단추 하나를 풀고 다시 자리에 앉아 다정하게 묻는다. 나를 보고 자리에서 일어날 때 내 의자를 빼 주느라 잠시 잠갔던 단추였다. 내 외투는 웨이터의 손에 들려 멀어지고 있었다.

"오랜만이야."

우리는 가벼운 안부를 묻는다.

"어땠어, 프랑크푸르트는?"

내가 돌아왔을 때 케빈은 독일에 있었다. 그가 뉴욕이 아니라는 걸 들었을 때 나는 오히려 잘 되었다 싶었다.

"수키 연락 기다리느라 매일을 울면서 지냈지."

케빈은 자상하다. 아부가 과한 편이지만. 항상 잘 다린 정장을 입고 있고, 머리와 눈썹도 정갈하게 정리되어 있다. 나는 국제 변호사인 그에게 버터같이 뺀지르르한 면이 있다고 생각한다.

식사는 곧바로 시작되었다. 특별히 부탁한 대로 양파는 넣지 않았다는 셰프의 안내에 나는 고개를 돌려 케빈과 눈을 맞췄다. 다음과 같은 요리들이 순서대로 우리 앞 은색 바 좌석에 놓였다. 푸아그라와 장어를 한입에 먹을 수 있도록 바삭한 옥수수 토르티야로 감싼 미니 타코, 뭉근하게 졸인 두부와 광어 위에 올린 황금빛의 오셋 라 캐비아. 브라운 버터에 구운 관자 요리와, 풍부한 베샤멜 소스를 밟고 올라가 있던 미소 향 품은 와일드 블랙 농어.

"아, 이거."

갑작스레 눈앞에 케빈이 준비한 것이 불쑥 건네진 건, 매끈한 그릇 위로 피스타치오와 초피나무가 발자국처럼 흩뿌려진 핑크빛이 살짝 도는 맛있는 디시가 나왔을 때였다. 라벤더향이 나는 오리 요리.

"이게 뭐야?"

이게 뭔지 모르는 사람은 아무도 없었다.

"좋아할 것 같아서."

꽃다발이었다.

나는 항상 뭔지 알면서도 케빈이 주는 것을 받는다. 이게 뭐냐고 물으며, 매번 같은 대답이 돌아올 것을 알면서도.

"너무 예쁘다."

나는 감격한다. "고마워." 하고 덧붙이고, 그의 뺨에 가볍게 키스한다.

"나는 세상에서 가장 운이 좋은 남자야."

흐뭇하게 웃는 케빈의 어깨너머로, 세련된 핏의 검정 티셔츠를 입고 있는 매니저가 계속해서 주변을 살피며 필요한 것은 없는지 확인하는 모습이 보인다.

식사를 하는 내내 케빈은 들떠 있었다.

"한 달 넘게 전화가 없길래 이대로 끝인 줄 알았어."

눈앞에 있는 나의 모습이 여전히 믿기지 않는 듯, 내게서 눈을 떼지 못했다.

"나에 대한 마음이 떠난 건 아닌지, 거기서 다른 남자가 생긴 건 아닌지."

나는 아무도 물은 적 없는 케빈의 솔직한 속마음을 들으며 바닐라 아이스크림 위에 올라가 있던 야생 딸기를 건져 올렸다.

나는 왜 케빈에게 마음을 붙이지 못하는 걸까.

"하지만 이렇게 다시 연락을 한 건, 수키도 내가 그리웠다는 뜻이겠지?"

아마도 이런 쓸데없는 질문 때문일까?

"오늘은 정말 만반의 준비를 했다고."

아니면 이런 시답잖은 멘트 때문일까?

"아무튼, 다시 만나줘서 고마워."

그것도 아니면, 이런 안쓰러운 말주변 때문일지도.

"잠시 기다려줄래. 나 화장실 좀."

나는 최대한 예의 바르게 말했기를 바라며, 대답 대신 자리에서 일어났다. 잠시 우리 대화의 흐름을 끊을 필요가 있었다.

"응, 나 잘 기다려. 알잖아."

나의 찌푸려진 미간이, 화장실로 도망치는 뒷모습으로는 표시가 나지 않아 다행이었다.

"이제 일어나자, 케빈."

화장실을 다녀와 후식으로 나온 차를 천천히 음미한 뒤, 허벅지에 올려 둔 냅킨으로 살며시 입을 닦으며 내가 말했다.

"응."

그 말 한마디에 케빈은 손을 들어 앉은 자리에서 계산을 하고, 매니저에게 건네받은 외투를 내게 전해 주고, 의자에서 일어나는 나를 도와준 후, 자리를 떠나는 뒷모습에 다시 한번 테이블을 훑어보며 두고 가는 소지품은 없는지 확인했다.

"꽃 고마워."

갤러리를 나오며, 나는 케빈의 팔짱을 꼈다.

집으로 와서는 스파클링 와인을 땄다. 케빈은 첫 잔을 따르며 재회를 기념하는 '축하주'라는 것을 군이 강조했다. 얇고 기다란 잔이 쪼르륵하는 소리를 내며 채워진다.

케빈이 그렇게 술을 준비하는 동안 나는 음악을 골랐다. 드뷔시의 〈아라베스크(Arabesque)〉. 라흐마니노프의 피아노 협주곡이 들어 있던 CD플레이어에 드뷔시의 CD를 밀어 넣는다. 시냇물과 같이 연약한 피아노 선율이 거실을 타고 흐른다.

"이 창문에 커튼이나 블라인드를 달고 싶었던 적 없어, 수키?"

커다란 통유리 창 앞으로 가 전경을 바라보며 케빈이 물었다. 나는 대답하고 싶은 것을 한 번 참는다.

"건너편에서 안이 훤히 다 보이잖아. 저것 봐, 우리도 저들을 볼 수 있다고."

그게 뭐 어쨌다는 건데? 나는 그렇게 말하고 싶은 것을, 한 번 더 참는다.

— 저 사람들이 우릴 다 봤을까?

가까이 다가와 창밖을 확인하던 그의 듬직한 뒷모습.

— 꽤나 좋은 구경이었겠는데.

똑같은 가을이지만, 이건 3년 전 다른 목소리.

— 어쩔 수 없지. 손이나 흔들어 주자.

흰색 브리프만 겨우 주워 입은 채 건너편 이웃들을 향해 손을 흔드는 리버와 나. 3년 전 가을은 행복했다.

케빈은 이 속이 훤히 보이는 통유리창 안에서 무슨 일이 있었는지 모른다. 이 창문에 토해 낸 뜨거운 한숨이 얼마나 진했는지 전혀 모른다. 알 길이 없다. 일요일 아침이면 하얀 빛의 뿌연 유리 세정제와 신문지를 들고 와, 창에 묻은 내 손바닥 자국을 닦는 것이 일상이었다는 것을.

나는 밀려오는 불순한 기억에 키득대고 싶어지는 것을 간신히 참는다. 그러다 내 마음보다는, 오늘 저녁 내게 최선을 다한 자가 누구인가, 하는 일에만 집중하려 노력한다. 지금 이 순간 내 곁에 있어 주는 사람이 누구인가.

클래식을 틀고 소파로 돌아오자, 나를 기다리는 케빈이 있었다. 나의 모든 행동 하나하나를 흡수하기라도 할 듯, 사랑이 가득한 눈길로 바라보고 있는 착한 케빈. 테이블 위에는 기포가 보글보글 올라오고 있는 스파클링 와인과 꽃다발이 놓여 있다.

"안아 줘."

고개를 돌린 채, 반짝거리는 창을 바라보던 내가 말했다. 더 이상의 말은 할 필요가 없었다. 두 팔을 뻗은 그가 내게 가까워진다. 품 안에 넣어지는 것이 아닌 끌어안김 당하는 포옹. 커다란 몸도, 예쁜 힘줄이 서린 팔뚝도 없었다. 내가 좋아하던 후추 향도, 두 뺨에 쏟아지던 장대비도, 시리도록 차가운 푸른색의 눈동자도, 우리가 함께한 계절들도.

연노란색 축하주에는 끝없는 기포가 방울방울 올라오고 있었다. 구름 계단을 하나하나 내려오는 듯한 드뷔시의 찰랑거리는 선율이, 서늘하게 어깨를 타고 흘렀다.

다음 날, 밖으로 나가기 귀찮았던 우리는 간단한 미국식 아침을 만들어 먹었다. 바삭한 와플과 두 종류의 소시지, 통조림에 들은 콩과 지글지글 달걀 프라이.

달걀 프라이와 소시지를 굽던 케빈이 내게 물었다.

"이번 추수감사절에 따로 계획 있어?"

"가족들이랑 보내겠지, 왜?"

나는 식탁에 앉아 차가운 물속에 들은 얼음을 와작와작 씹으며 대답했다.

"아니야."

고개를 돌리는 케빈.

"말해, 왜?"

"미시건에 같이 갈까 해서."

미시건에는 케빈의 본가가 있다. 토론토와 맞닿아 있는 기다란 연안. 뉴욕에서 비행기를 타고 북서쪽으로 한두 시간 정도면 도착한다.

그럴까? 나는 잠시 생각한다. 안 될 건 없지.

"얼마나 있다가 올 건데?"

"일주일."

진주색의 동그란 접시에 내어 오는 음식. 와플 기계에서 풍겨 나오는 갓 만든 빵 냄새까지 합쳐지며, 집 안은 금세 브런치 가게 같은 활기를 띤다. 나는 식탁에서 내려와 케빈이 빼준 의자에 앉으며 선을 그었다.

"너무 길어."

식기 세척기에서 포크와 나이프를 가지고 온 그가 협상을 시도한다.

"그럼 나흘?"

"흠."

나는 탱글한 소시지를 한 입 베어 물고, 천천히 입을 연다.

"생각해 보고 알려 줄게."

어제 저녁 줄기를 잘 다듬어 꽃병에 꽂아 둔 달리아가, 우리 사이에 정직하게 놓여 있다.

8

아무리 비를 좋아하는 나지만, 가을에 내리는 비는 어딘가 우울하다. 딱히 어떤 일화가 있어서 그런 것은 아니고, 그저 회색 하늘과 주황색 낙엽은 서로 색채가 어울리지 않는다고 생각할 뿐이다.

11월이 되었다. 네 번째 목요일, 추수감사절.

어쩌면 모두가 이미 예상했을지 모르겠지만, 나는 케빈을 따라 미시건으로 가지 않았다. 뉴욕에 남아 가족들과 함께했다. 늘 그랬듯, 돌이킬 수 있는 선에서만 행동하는 나.

"미안해하지 마. 그게 더 안 좋은 생각이야."

함께 가지 않겠다는 결정을 전하며 미안해하자, 케빈은 되려 내 걱정을 했다.

"거절했다고 생각하면 미안해지고, 계속 미안하다고 생각하다 보면 부담스러워져. 그러니까 그런 생각하지 마."

결코 나를 원망하는 일이 없다. 나는 그의 재촉 같은 걱정에 알겠다고, 내년에 다시 상황을 보자고 말했다.

"내년까지도 나를 만나줄 거구나!"

속도 없이 기뻐하는 케빈.

"조심히 다녀와."

수화기를 내려놓고, 고개를 돌려 물방울이 맺혀 있는 창문을 바라본다.

"원망을 하지 않는 건지, 하지 못하는 건지."

르네가 중얼거리는 소리를 뒤로하고, 음식을 준비하는 엄마를 도우러 부엌으로 향한다.

호박 파이, 크랜베리 소스, 그리고 끈덕진 캔디드 얌. 시금치 요리와 매쉬드 포테이토는 특히나 많이 했다. 나와 르네둘 다 무지막지하게 좋아하는 반찬.

부엌에 펼쳐놓은 엄마의 두꺼운 레시피 북을 읽는다.

로즈메리, 월계수 잎, 통후추, 레몬 껍질과 함께 18시간 정도재워 둔 칠면조를 꺼내 물기를 제거한다. 겉에 버터를 발라주고 쿠킹 포일로 덮은 뒤 오븐에 넣는다. 완벽하게 익히려면 세 시간 반 정도 구워야 하는데, 이때 30분마다 칠면조에서 빠져나온 수분과 기름을 몸통에 끼얹어 주어야 겉은 노릇하게, 속은 촉촉하게 익는다.

보라보라를 함께했던 나의 친구들 에디, 그레이스, 소라고등 로라. 그리고 르네의 남자친구 에릭과, 친구 테사도 초대했다. 북적북적한 명절이었다. 아빠는 언제 이렇게 딸들이 많아졌냐며, 커다란 칠면조를 기술적으로 잘라 각자의 앞접시에 덜어 주며 놀라워했다.

기도를 했다. 내게 이렇게 끈끈한 가족이 있음에, 언제든지 내 편을 찾아 도피할 수 있는 친구들이 있음에 감사합니다. 그렇게 감사 기도를 자주 올리면, 기특해서라도 나의 다른 소원을 들어주시리라는 마음에서였다.

추수감사절이 끝나고, 바로 다음 날부터는 블랙 프라이데이가 시작되었다. 일 년 중 가장 저렴한 가격으로 쇼핑을 할 수 있는 시즌.

"그만한 게 없어. 네가 전에 사다 준 실크 가운."

지난밤, 반신욕을 하러 들어가던 엄마가 말했다.

"에탐(Etam) 꺼?"

"응."

엄마는 싱긋 웃으며 말을 이었다.

"너도 하나 사. 엄마가 사줄게."

그렇게 엄마와 나는 5번가에 있는 속옷 가게로 향했다. 아침부터 찬바람이 쌩쌩 부는 12월의 기다란 뉴욕 스트리트를 가로질러서.

"정말 안 춥니?"

다리를 훤하게 내놓은 나를 보며 두꺼운 가죽 코트를 입은 엄마가 말했다.

"난 더워."

"이따가 춥다고 하지 마."

매장 안으로 들어서자 가릴 곳만 겨우 가린 마네킹들이 줄을 서 있었다. 분홍색, 노란색, 빨간색. 강렬하고 센슈얼한 속옷들. 엄마는 허벅지에 꽃으로 장식된 가터벨트를 하고 있던 마네킹을 한참 동안 흥미롭게 바라보았다.

"어머, 너 이런 거 입으면 너무 예쁘겠다, 수키."

우리는 계산을 하고, 분홍색 스트라이프가 그려진 종이봉투에 담긴 속옷을 챙겨 밖으로 나왔다. 쌩, 찬바람이 분다. 입버릇처럼, 나는 코트를 여미며 춥다고 말한다.

"춥다고 하지 말랬지."

나는 얼른 입을 다문다.

블랙 프라이데이 연휴 주 다음 월요일은 사이버 먼데이(cyber Monday, 미국의 추수감사절 연휴가 끝난 후 첫 번째 월요일을 이르는 말)였고, 그런 김에 새 노트북을 장만했다. 기분이 놀라우리만큼 좋아짐에 실제로 놀랐다. 12월 중순인 지금까지 아직 단 한 번도 리버와의 추억을 떠올리지 않았다. 사랑은 시간을 가게 하지만 시간 또한, 사랑을 가게 한다.

그렇게 나는 24번째 생일을 맞았다.

12월 18일, 금요일.

비가 올까 봐 걱정이었는데 다행히 화창했다. 모두 한데 모여 함께 요리를 하고, 기도를 하고, 저녁 식사를 했다. 파스타도 하고, 가지 안에 리코타 치즈를 돌돌 말아 켜켜이 쌓은 뒤 토마토 페이스트로 사이사이를 채워 넣고 모차렐라 치즈를 눈 내리듯 뿌려 주었다. 그대로 오븐에 넣어 20분. 숨이 죽은 부드러운 가지 라자냐가 완성되었다. 냉장고에 붙여둔 우스꽝스러운 사진을 보여 주며 친구들에게 모나와 필립의 결혼식이 어땠는지 이야기를 들려 주었다.

주욱 늘어나는 치즈를 앞니로 잘근 잘근 끊어내고 있을 때 로비에서 올라온 꽃바구니는 당연히 케빈이 보낸 것이었다. 뒤로는 가드가 직접 가지고 올라와 준 쇼핑백. 안에는 자그마한 손가방과 메모가 들어 있었다.

Happy birthday. I'll be back soon. Love you(생일 축하해. 금방 다녀올게. 사랑해).

우리는 전날 미리 축하를 했다. 역시나 분위기 좋은 레스토랑에서 식사를 하고, 집에 와 의미가 담긴 포도주를 따고, 음악을 듣고, 잠에 들었다. 그리고 새벽 즈음, 국제 전화가 걸려와 받아 보니 뉴욕보다 여섯 시간 빠른 엑상프로방스의 신혼부부였다.

"수키, 여긴 지금 너의 생일 아침 9시야."

"너희는 미래에 살고 있구나. 여긴 아직 새벽 3시란다."

며칠 후 크리스마스, 케빈은 오스트리아로 출장을 떠났다.

뉴욕의 겨울엔 눈보다는 비가 많이 온다. 맑은 날보다는 흐린 날이 많고, 눈은 3월에 뜬금없이 내린다.

어쨌든, 1월.

겨울이 찾아왔고, 호수가 얼 정도로 추운 날들이 계속되었다. 청년들이 살얼음 위에서 서로를 밀치며 짧은 입김을 내뿜고, 우리는 그렇게 또다시 새로운 한 해를 시작했다. 온통 온기를 찾기 위한 행위들로.

이번 달에는 부모님 댁에서 자는 날들이 많았다. 매일 밤 엄마 아빠와 작은 와인셀러에 코르크 마개가 아래를 향하도록 세워진 포도주 중 하나를 골라 몇 날 며칠에 나누어 마셨다. 등장인물 모두 머리가 반짝일 정도로 무스를 많이 바른 채 등장하던 흑백 영화도 봤고, 동성애가 인정이 되지 않던 때의 애달픈 사랑 이야기를 담은 영화도 봤다. 폭신하게 겨울털이 자란 애쉬 브라운의 푸들 아몬드도 내게 엉덩이를 대고 함께 영화를 봤다.

자바에게 직접 물도 줬다. 얇고 기다란 자바 나무. 이 집에서 살던 때 사용하던 내 방 한구석에 사람 키만큼 커다란 자바 나무가 아직 그 자리 그대로 지키고 있다.

작은 식물을 선물받은 적이 있었다. 낮이고 밤이고 할 것 없이 매일을 들여다보며 물을 주고, 닦아 주고, 사랑을 주었는데 금세 시들어버렸다. 하지만 나와 적어도 10년은 넘게 이 방에서 살았을 이 나무, 이 커다란 자바 나무는 물도 달에 한 번밖에는 주지 않은 것 같은데 튼튼하게 잘도 자랐다. 우리 연애 같군. 나는 숨을 크게 들이마시며 그런 실없는 생각을 했다.

무릎을 꿇고 가까이 다가가자, 나무가 슈룩슈룩, 물을 빨아들이는 소리가 들렸다. 방 안이 금세 비 오는 날의 화단 냄새로 가득 찼다.

어느 날 아침에 일어나서는 고구마 전을 만들었다. 노란 고구마들의 양 끝이 지글지글 소리를 내며 달라붙는 모습을 바라보며, 기다란 젓가락으로 하나하나 떼어 냈다.

매일같이 고해성사처럼 써 온 편지들도 하루 날을 잡아 모조리 불에 태워 버렸다. 그와 함께 강을 바라보며 웃고 떠들던 영상을 돌려 보는 일도 이제는 지쳤다. 대화 내용은 이미 다 외운 지 오래였다. 그의 목소리도 들을 수 없어, 머리칼을 넘겨줄 수도 없어, 품속을 파고들 수도 없어.

새벽에는 내내 독서를 하며 시간을 보냈다. 그것 외에는 아무것도 할 수 있는 것이 없었다.

또 다른 날에는 나만큼이나 늦게 주무시는 아빠가 거실에서 틀어 둔 전축 소리가 들렸다. 오래된 한국 가요였다. 〈그것만이 내 세상〉. 읽던 책을 가슴 위에 내려놓고 벽을 따라, 천장을 따라 눈동자를 움직이자 전축 바늘이 레코드판을 긁으며 내는 거친 마찰음까지 들을 수 있었다.

노래를 듣고 있자니 어릴 적 할머니들을 뵈러 한국에 갔던 기억이 떠올랐다. 친할아버지의 제사와 겹치기도 하여, 최적의 방문 시기였다. 외할머니는 감자가 들어간 찰밥과 혀만으로도 씹을 수 있을 것같이 부드러운 갈비찜을 해 주셨고 친할머니는 직접 끊어 오신 한우와 얼큰하게 매운 두부찌개를 해 주셨다.

도심 속 호텔에서 마지막 밤을 보낸 후, 차를 타고 네 시간 정도 달리자 푸른 바다가 나왔다. 출발할 때는 분명 두 시간 반이면 된다고 했던 것 같은데, 곧 죽어도 지금 당장 볼일을 봐야겠다는 아몬드 때문에 한 시간마다 휴게소에 멈춰 선 것이 약 두 배 정도 더 걸린 이유였다. 아몬드는 원래도 얌전한 편이고 그것은 차에 타서도 예외는 아니었지만 화장실을 참고 참다가도 도저히 못 참겠다 싶을 땐 안쓰러울 정도로 온몸을 떨었다. 그 작고 부드러운 아가 몸에 무언가 큰일이 나고 있는 건 아닌지 걱정이 되었다. 그러다가 어느 순간이 지나면 온몸에 힘을 스르륵 풀었다. 혹시 이거, 토닥이고 있던 내 무릎 위에 책임 전가를 해버리려는 것은 아닌지 겁이 나 몇 번이나 엉덩이를 감싸고 있던 손바닥을 확인했다. 아빠 잘못은 아니었지만, 나와 르네는 우릴 가장 빠른 휴게소로 당장 데려다 놓으라고 소리 소리를 질렀다.

차를 다 세우기도 전에 나는 아몬드를 둘러업고 급하게 차에서 내렸다. 그냥 아무 바닥에서나 해결을 보게 할 계획이었던 것이다. 하지만 그렇게 급한 상황에서도 아몬드는 풀 바닥을 원했다. 조금 더 걸어 시멘트 바닥이 끝이 나고 벽돌 바닥이 나오는 곳으로 안내했다. 아몬드는 삐뚤빼뚤 맞춰진 벽돌 사이에 난 길쭉한 풀잎 냄새를 맡자마자 "내가 찾던 게 바로 이거잖아!" 하고 외쳤다. 물론 실제로 그런 말을 한 것은 아니었다. 푸들이니까. 하지만 나는 들을 수 있었다. 누구라도 나만큼 아몬드를 사랑하는 사람이라면 그 특별한 언어를 들을 수 있었을 것이다.

한층 가벼워진 발걸음으로 뒤를 돌자 동그란 빵 과자 하나를 입에 쏙 넣으며 행복한 미소를 짓고 있는 엄마의 모습이 보였다.

"엄마는 이걸 가장 좋아했지."

나도 한 입 먹어 보았다. 뜨끈하고 달콤한 팥소가 잘 구워진 호두와 함께 오독오독 씹히는, 눈이 휘둥그레지는 맛이었다.

"이런 게 전통이라는 거야."

우리는 입속에 가득 들은 오래된 행복을 오물오물 씹으며 고개를 끄덕거렸다.

옆에서는 르네가 한국에만 있다는 휴게소 간식들에 정신을 못 차리고 아예 식사를 하고 있었다. 겉이 노릇하게 구워진 감자 요리와 빨갛고 하얀색의 오묘한 맛이 나는 가루가 묻은 옥수수. 얇게 저며져 기다란 꼬치에 끼워진 감자와, 바삭

194

한 페이스트리를 빙 두르고 있는 탱글한 소시지.

"가서 할머니랑 저녁 먹어야 돼. 적당히 먹어."

아빠의 만류에도, 르네는 그렇게 먹고 저녁에 또 먹을 수 있다며 멈추지 않았다. 아빠는 그런 막내딸을 보며 고개를 절레절레 흔들면서도 못 당하겠다는 듯 웃고 계셨고, 그런 말을 하면서도 거의 기름에 튀겨졌다 싶은 떡과 윤기나는 소시지가 번갈아 가며 꽂혀 있는 꼬치 앞에서 르네가 한 번 더 발걸음을 멈추자 다급하게 뒷주머니에 넣어두었던 카드를 도로 꺼내 앞으로 내미셨다.

르네가 먹는 것을 나도 한 입 빼앗아 먹어보니 역시나 맛있었다. 시럽보다도 끈적하고 빨간 양념. 르네는 그만 먹으라며 소리를 질렀고 아빠는 원하면 새로 또 사 주겠다고 하셨지만 나는 고개를 저었다. 그 어떤 것도 야금야금 훔쳐먹는 것만큼 맛있을 순 없었다. 내가 들어 주다가 몇 번 더 몰래 먹으면 될 일이었다.

우리는 어차피 늦은 김에 바다를 구경하고 가기로 했다. 바다 앞에 있던 넓은 솔밭 덕에 파도치는 소리가 조금 더 시원하게 다가왔다. 엄마와 아빠는 대학원생이 다 되어서야 만나기 시작했는데, 알고 보니 서로가 어릴 때부터 이 솔밭 하나만을 사이에 두고 옆 동네에 살고 있었다고 했다.

살면서 바다를 볼 일이 많이 없었는데 이렇게 너른 광경을 보니 왜 그토록 많은 이들이 바다만 떠올려도 사랑하는 사람

의 이름이라도 부르는 양, 눈에는 눈물이 맺히고 가슴은 시큰

해지는지 조금은 알 것도 같았다.

"바다가 왜 푸르게 보이는지 아니?"

아빠는 그 이유에 대해서 우리에게 꼭 설명해 주고 싶어 하

시는 것 같았다.

"태양빛의 산란 때문이야."

한국어로 '산란'이라는 말을 들은 것은 그때가 처음이었다.

나는 그게 정확히 무슨 뜻이냐고 물었다.

"충돌해서 여러 방향으로 흩어지는 현상이지."

아빠는 내가 이렇게 자세한 설명에 관심을 가지는 것을 좋

아하셨고, 나는 어릴 때부터 그걸 알았다.

"붉은색은 파장이 길어 흡수되고, 푸른색은 파장이 짧아

우리 눈에 보이는 거란다."

"물은 투명하잖아."

어느새 내 옆으로 온 엄마도 거들었고, 안고 있던 아몬드를

아빠에게 건네며 덧붙였다. "무거워."

"바나나는 하얀데 바나나우유는 노란 것도 그래서야?"

모래 사이에 다리를 모으고 앉아 예쁜 조개를 줍고 있던 르

네가 물었다.

엄마는 그런 르네가 마냥 귀여운 듯 싱긋 웃으며 그거랑 이

거는 전혀 다른 내용이라고 답해 주었다.

"오!" 나도 뭔가를 깨달은 듯하여 크게 외쳤다. "포도알은

투명한데 포도 주스는 보라색이야!"

엄마는 계속해서 그것과 이것은 다른 거라고 말했다. 하지만 르네와 나는 아랑곳하지 않고 그 말들에 멜로디까지 붙여 흥얼거렸다. 바나나는 하얀데 바나나우유는 노란색. 포도알은 투명한데 포도 주스는 보라색. 무거운 아몬드가 그동안은 입을 헤 벌리고 가만히 안겨 있다가 우리 노랫소리를 듣고는 조용히 하라는 듯 입술을 오므리며 몸을 버둥거렸다.

"이제 가자꾸나."

훅훅 거친 숨을 내쉬는 아몬드를 진정시키며 아빠가 말했고, 그 말을 끝으로 우리는 깨달음과 콧노래와 정갈한 조개 줍기를 정리하고 다시 차로 돌아와 발을 닦았다.

드디어 친할머니 댁에 도착했다. 제사상은 이미 모두 차려져 있는 상태였다. 오색찬란한 과일들과 신선한 기름에 튀겨진 햄과 새우, 건조한 생선, 나물, 그리고 고기. 베어 물면 많은 가루를 떨어뜨리며 부서지는 푸석한 전통 과자들과 하얀 떡, 그리고 상앗빛 뽀얀 생률도 있었다. 우리는 우선 손발만 씻고 세배를 했다. 산 사람을 향해서 절은 한 번, 제사를 지낼 때에는 두 번. 한국에 왔다고 몇 년에 한두 번 해볼까 말까 한 이런 것들이 마치 매일 밤 해온 것처럼 몸에 익어 자연스러운 기분이 든다는 사실이 재미있었다.

나는 미국인일까, 한국인일까. 미국에서 태어나고 자라 미국말을 쓰지만 한국인 부모님을 둔 덕에 한국말도 곧잘 하고 이렇게 한국인의 삶을 살며 "집에 오니 좋구나."라는 말을 듣고 있다니. 엄마 아빠는 어떨까? 이제는 미국에 산 시간이 한국에서 산 세월보다 더 긴데. 그때는 그렇게 어렸으면서 어떻게 이렇게 먼 곳으로 올 생각을 했을까? 그런 용기는 어디에서 생긴 것일까?

아빠는 처음부터 이렇게 미국에서 살 마음으로 유학을 온 건 아니었다고 했다. 목표가 있었고, 열심히 지냈고, 우연히 엄마를 만났고, 그러다 이렇게 되었다고 했다. 사는 곳을 바꿀 생각. 하지만 이렇게도 될 수 있고, 또 저렇게도 될 수 있는 삶 가운데에서 내가 내려야 할 선택.

"여보, 되게 꿈결같다. 우리가 이렇게 나이를 먹고, 애 둘은 저렇게 커 있고 그런 게."

아빠는 우리를 보며 엄마에게만 귓속말을 하는 듯한 손짓을 하고 속닥이셨다. 어딘가 중요한 작전 내용을 전달하는 것 같은 모습이었다. 작전 전달을 완료한 뒤 다시 팔짱을 낀 채 우릴 바라보는 아빠의 눈앞으로, 세월이 지나가는 듯 보였다.

르네는 아직도 입이 달아 저녁을 조금밖에 먹지 못했다. 할머니께서는 굉장히 서운해 하셨다. 역시나 아빠가 우려했던 그대로였다. 나는 밀가루 맛이 많이 나는 소시지 전을 좋아했다. 반찬으로 내어 오신 두부조림도 잘 먹는 것을 보고 뿌듯해 하시던 할머니는 이어서 통째로 삶은 문어도 먹어보라고 권하셨지만, 당시의 나로서는 그것만큼은 차마 먹을 수 없었다.

"아유, 좋다, 야. 이 맛있는 걸 나 혼자 다 먹고."

할머니는 크게 웃으며 말씀하셨지만 마음이 상했다는 것은 누구나 알 수 있었다.

밥을 다 먹고 르네와 나는 씻으러 화장실로 들어갔다. 바닷바람이 시원해서 좋기는 좋았지만, 사실 그 짠 기운에 머리카락 사이사이가 끈적해진 느낌을 내내 참을 수가 없었다. 어른들은 거실에 다시 모여 몇 잔을 더 기울였다. 작은 아버지는 친할아버지가 돌아가시기 전부터 담그기 시작해 특별한 날에만 한 잔씩 홀짝이셨다던 귀한 술도 꺼내 오고 은은하고 신비로운 푸른빛의 잔도 내오셨다. 오묘한 옥색을 띠는 것이 바로 이 나라의 자랑이라고 하길래 눈을 반짝이며 두 손을 모으고 조심히 집어 올렸더니 집으로 가져가도 좋다고 했다. 오래된 기억들은 개울처럼 조그만 식탁에 흘러넘쳤다. 깜짝 놀랄 정도로 큰 소리를 내며 웃을 때도 있었고 누군가 코를 홀짝이는 소리도 들렸다.

다음 날 아침으로 할머니께서 우리를 위해 직접 준비해 오신 한우를 굽고 얼큰한 두부찌개를 해 주셨다. 이렇게 매콤하고 맛있는 두부 요리는 우리 할머니만 할 수 있는 듯했다. 똑같은 레시피를 받아 온 엄마가 뉴욕에서 몇 차례 시도해 본적이 있었지만 같은 맛이 안 났다. 아빠는 전날 마신 술 때문인지 국그릇을 꺾을 때마다 우렁찬 기합을 내쉬었다. 르네가 시끄럽다는 듯 살짝 째려보았지만 그 개운한 기분은 그 아무도 막을 수 없었다.

"사랑하면 그런 것 아니겠니? 한 이불 덮고 싶고 같이 꿈도 꾸고. 그러고 싶은 거잖니."

할머니께서 식사를 마치고 달짝지근한 냄새가 나는 드립 커피를 홀짝이며 하신 말씀이었다. 전에도 몇 번이고 들은 적 있는 할머니와 할아버지의 신혼 초 이야기를 한차례 마친 후였다.

그때는 우리가 뉴욕으로 건너온 지 얼마 되지 않았을 시기였다. 작년 명절에 찾아뵈었을 때에도 나는 할머니가 제사 중에 조용하게 읊조리시는 목소리를 들었다.

"애들 왔수. 위에서 보고 있거든, 자식들 하는 일 다 잘되게 해 주시오."

눈시울이 붉어져 있었다는 것을 보았다고 하면 할머니는 부정하실까? 나는 그렇게 긴 시간 동안 그리워하는 마음을 알지 못한다.

정신을 다시 방으로 가지고 와 눈을 질끈 감는다. 지금 이 순간 나와 한 침대에 누워 있는 아몬드의 고른 숨소리만이 거실에서 들려오는 노래와 합쳐져 들린다. 그 덕에 외롭지 않았다. 중간중간 커다란 굉음을 내는 것이 스포츠카인지 오토바이인지, 하여튼 빠른 무언가가 계속해서 지나갔다. 창문을 통해 한기가 넘어 들어왔다. 조금 추운 것같이 느껴졌지만 보일러를 떼고 싶지는 않았다. 이 쓸쓸하고 고요한 방 안에 살아 있는 것이 오직 나와, 강아지와, 천리향과, 자바 나무이기만을 바랐다.

부모님 집에서 정확히 2주를 보내고 나는 다시 롱시티로 돌아왔다.

저녁나절. 창밖을 보자 눈이 오고 있었다. 눈이 오면 하늘이 탁해지는데 그게 참 보기가 좋다. 밤이 되어도 칠흑 같지 않은 어둠.

소파에 누워 어제 보고 온 친구의 공연을 생각했다. 엎드려 누워 있다 다시 벌러덩 뒤집어 눕는다. 침대에서 아직 덜 마른 샴푸 냄새가 났다. 팔꿈치에서는 촉촉한 로션 냄새가, 입고 있는 포실한 소재의 하얀 파자마에서는 깨끗한 섬유 유연제 냄새가. 지난주에 새로 사고 오늘 처음으로 개시한 스크럽의 유자향을 찾으려 입술을 팔 안쪽에 강하게 갖다 댔다. 발목과 어깨, 그리고 목과 귀가 연결되는 부위. 사각사각 소리를 내며 동그란 원을 그려 주면 그렇게 기분이 좋을 수가 없었다. 솜사탕 부케와 베르가모트, 아몬드가 어우러진 시더우드와 머스크 향. 전반적으로 달달한 냄새를 풍겼다.

왼쪽 귓바퀴에 달려있는 피어싱으로 손을 가져다 댄다. 투명한 알이 박혀있는 커다란 피어싱. 머리카락 사이사이로, 아

무런 느낌도 느껴지지 않는 귓바퀴 연골과 그 딱딱한 피어싱
이 만져지는 느낌을 좋아했다. 물 흐르듯, 아주 자연스럽게
그러모아지는 리버에 대한 기억. 어쩐지, 잘 지낸다 싶더니만.

나를 지긋이 쳐다보고 있던 그의 눈을 떠올린다.

그는 꼭 잠에 들기 전 5분에서 10분 정도는 팔베개를 한 손
을 내 머리 뒤로 감아 달그락달그락, 그 피어싱을 어루만지
곤 했는데 그러면 신기하게도 나는 눈이 감겼고 아무도 모르
는 새 잠에 들었다. 그렇게 다시 피어나는 나의 보랏빛 기억.

리버와 내가 뉴욕에 돌아와 짐도 풀지 않고 가장 먼저 한
일은 토미 재즈에 간 것이었다. 남프랑스 침대에 누워 그렇
게 노래를 불렀던 우리의 일본을 위해서였다. 습하고 지저분
한 역으로 들어가 덜컹거리는 열차에 몸을 실었다. 찍찍대는
쥐들의 소굴. 거리의 노숙자들이 추운 겨울 몸을 녹이기에 안
성맞춤인, 뉴욕의 지하철. 그런 험한 곳을 걸으면서도 리버
의 왼편에 서서 그의 손을 잡고 있노라면, 모든 것이 낭만 있
게 느껴졌다.

세컨드 에비뉴, 이스트 54번가. 지하 철문 앞에 죽 늘어선
줄을 10여 분쯤 기다리자, 높은 목소리의 상냥한 일본인 직
원이 우리를 안쪽 소파 좌석으로 안내했다.

배정받은 자리는 꺾인 벽에 가려져 밴드가 연주하는 모습
이 보이지 않는 곳이었다. 자리를 확인한 나는 입을 삐죽 내

밀고 구시렁거렸다. 리버는 그럼 어디에 앉고 싶느냐고 물었다.

"바 자리. 라이브 세션이 보이는 바 자리."

그러자 리버는 목을 죽 빼들고 주변을 살폈다. 두어 번 고개를 왔다 갔다 하더니, 뺘루퉁해 있는 나를 향해 지금 우리가 앉은 이 자리가 훨씬 좋은 것 같다고 했다.

"여기는 VIP를 위한 아늑한 자리 같은데? 아무도 보는 사람이 없잖아. 벽에다 몰래 낙서를 할 수도 있고, 아무도 우릴 신경 쓰지 않아서 마음껏 키스하기에도 좋고 말이야."

그러면서 내 입술에 가벼운 키스를 하고 코끝을 맞댔다. 사랑하는 두 마리의 새들처럼.

"치, 벽에 낙서를 어떻게 해?"

나는 괜히 투덜댔다.

"펜 있어, 수키?"

나는 고개를 저었다.

"안 되겠다, 하나 달라고 하자."

"아니, 괜찮아. 하지 마."

그는 정말로 웨이터에게 펜을 빌려 뭐라도 벽에다 쓸 기세였다. 나는 장난스레 올라간 그의 팔을 잡아 내리며 그를 말렸다. 옥신각신. 서로 별것도 아닌 힘으로 버텨 보았지만 옆으로 앉은 몸이 더욱더 가까워지기만 할 뿐이었다. 부드러운 손길로 그가 내 머리를 쓰다듬었고, 다시 한번 귓가에 키스를 하는 것으로 마무리되었다.

"이따 바에 자리 나면 옮겨 달라고 해줘."

"그래, 그렇게."

나는 손가락을 코앞까지 들이밀었다.

"벽에는 낙서 금지."

리버는 항복이라는 듯이 두 손을 위로 들어 보였다.

"알겠어, 알겠어."

우리는 오므라이스와 명란 파스타, 그리고 야채 크로켓 두 개와 과일 칵테일을 주문했다. 만다린과 리치. 달콤하고 끈적한 칵테일들이 테이블 위 기름 초 옆에서 은은하고 탁한 빛을 뿜어냈다.

술을 한 모금 마실 때마다 우리는 키스를 했다. 열렬한 색소폰과 피아노가 그런 우릴 응원하는 것 같았다. 키스를 하다, 하지 않다, 다시 하다, 그만 멈추고 얼굴을 가까이 맞댔다. 가만히 나의 뺨으로 전해지는 그의 뺨 온기를 느꼈다. 그러고는 서로의 눈을 지그시 바라봤다. 중심부에 아주 약간의 노란색이 섞인, 푸르스름한 그의 맑은 눈동자. 어두운 곳에 있자 이제는 아예 하늘색으로 보이는 것 같았다. 내가 그렇게 말하자, 그는 실제로 눈 색깔이 미세하게 변한다고 했다. 나는 지금 그걸 믿으라는 거냐며 몸을 멀리 뗐다. 그는 눈썹을 살짝 들어 올려 보였다.

"자, 봐. 지금 네 눈앞에 있잖아."

그는 살짝 멀어진 나의 몸을 다시 당겨왔다. 허리가 아닌 엉덩이 쪽을 한 손으로 당겨 자신에게로 가뿐히 다시 밀착시켰다. 그다지 많은 힘을 필요로 하지 않았다. 놀란 나는 최대한 아무렇지도 않은 척을 했지만 평소보다 술을 좀 더 많이 홀짝였다.

한 시간 정도 흘렀을까, 어느 일본 만화에 나오는 캐릭터 머리를 한 직원이 우리에게 자리를 옮기겠느냐고 물었다. 라이브 세션이 바로 보이는 방향은 아니었지만, 등 뒤로 흐르는 음악을 목을 기다랗게 빼 들으면 된다고 하여 나는 냉큼 고개를 끄덕였다.

"그러고 보면, 나는 사실 살면서 단 한 번도 행복하다는 감정을 제대로 느껴본 적이 없어. 수키를 만나기 전까지."

바 자리로 옮겨 앉자마자 리버는 숨도 고르지 않고 그렇게 말했다.

"수키는 나의 모든 기준을 바꿔 놓았다고 해도 과언이 아니야."

등 뒤로, 익살스러운 색소폰의 독주가 시작되었다. 리버는 눈으로 무언가를 그리고 있는 듯한 표정이었다.

"나도 그래."

나는 미소를 띠며 그렇게 대답하고 몸을 돌려 딱딱한 나무 등받이에 팔을 기댔고, 리버는 라이브 세션 쪽으로 몸을 돌렸다.

"만나고 만 거지, 우린 역시."

커다란 손으로 나의 목과 어깨를 주무르는 리버. 나는 부드럽게 풀어지며, 그의 몸 쪽으로 기대 겹쳐진다. 귓가에 사랑을 속삭이고, 소곤소곤 웃고. 반짝이는 눈을 맞추고, 그의 품속으로 들어간다.

층층이 높고 매끈한 아파트 속, 유일하게 빛나던 노란 조명. 그날 밤, 우리는 집에 돌아와 왈츠를 췄다.

"해피 뉴이어."

1월 말. 문을 열자 커다란 짐 가방을 현관 바닥에 떨어뜨린 채, 나를 꺼안는 케빈이 있었다.

크리스마스에 오스트리아로 출장을 떠났던 케빈. 공항에 도착하자마자 집보다 먼저 찾아온 곳이라고 말한다. 여전히 깔끔하게 정돈된 눈썹에 몸보다 커다란 무스탕을 입고.

"보고 싶었어."

나는 찌뿌둥한 가죽 냄새를 맡으며 잠자코 안겨 있다가, 발꿈치를 들어 그의 목에 입을 맞추고 몸을 돌렸다.

"배고프겠다."

짐 가방을 집 안으로 가지고 들어오는 케빈을 뒤로 한 채, 나는 전기밥솥에 밥이 있는지 확인한다.

"오스트리아 기념품으로 뭐가 유명한지 알아?"

커다란 여행 가방을 뒤적거리던 케빈이 물었다.

"제비꽃 설탕 절임."

대답할 시간도 주지 않고 곧바로 식탁 위에 올려지는 타원형의 도자 케이스.

"제비꽃 설탕 절임?"

나는 가까이 다가간다.

"그거 책 제목인데."

내가 좋아하는 일본 작가의 첫 번째 시집 제목이다. 내가 거듭 언급했던 소설 《냉정과 열정 사이》를 쓴 작가.

"알아. 그래서 보자마자 이건 운명이다, 하고 사 왔어."

나는 감동한다.

"어떻게 이런 일이 있을 수가 있지? 그러려고 오스트리아에 간 건 아니잖아, 정말."

"아니지, 정말."

그가 물을 들이키고 말을 잇는다.

"그래서, 우리가 운명이라는 거지."

물잔을 내려놓고, 생글생글 웃으며 "우린 운명이야."라는 말을 반복한다. 10시간의 비행 끝에도 여전히 내 기분만을 살피는 케빈.

"나 얼마나 보고 싶었어? 1부터 10까지 중에."

나는 당연하다는 듯, 아낌없이 사랑받는 여자가 된 기분을 만끽하며 빠르게 대답하고, 다시 저녁 준비를 했다.

괜찮다.

케빈과 함께 밤을 보내고 일어나 샤워 부스에 들어가자마자 거울을 보고 든 생각은, 괜찮다였다. 난 괜찮았다. 저 멀리 유럽으로의 출장이 잦다는 점도, 그래서 우리가 너무 가까워졌다 싶으면 잠시 거리를 둘 수 있는 것도.

샤워를 마친 후, 와인 잔에 따른 얼음물을 들고 거실 창 앞에 선다. 바깥은 달빛이 가장 차가운 시간. 창문을 열고 뜨겁게 덥혀진 몸을 식힌다.

방에는 잠에 든 케빈이 있다.

서리가 낀 잔이 투명해진다.

9

3월이 되었고, 버터컵이 태어났다. 아들이고, 이제 버터컵은 레오라는 이름으로 불리게 된다.

"어쩜 좋아. 천사 같아."

전날 미리 이야기해 둔 시간에 맞춰 영상 통화가 걸려 왔다. 기다렸다는 듯 전화를 받자, 손가락을 입에 가져다 대며 쉿, 하고 카메라를 돌리는 모나가 있었다.

"완전 아가 아가다."

작은 휴대폰 화면으로 보이는, 더 조그마한 아기의 모습. 알록달록 기린과 사자, 코알라와 거북이가 그려진 우주복을 입고 있다.

모나는 레오가 본인을 닮아 진한 초콜릿색 눈동자를 가져 기쁘다고 했다. 피부색과 부드러운 머리카락, 코와 눈썹까지도. 모든 것 하나 빠짐없이 자신의 배 속에서 나왔다고 생각하니 바라보는 것만으로 눈물이 난다고 했다. 살포시 눈을 감고 그 작은 입을 꼬물대는 모습에 우리는 심장을 부여잡았다.

"카우보이는 잘 지내? 괜찮지?"

휴대폰을 고정시킨 채 카펫에 앉은 모나가 가제 수건을 접으며 물었다. 모나는 케빈을 카우보이라고 부른다. 미시건에서 온, 착하고 순박한 케빈.

나는 괜찮다고 답한다. 내 대답에 콧잔등에 주름이 잡히도록 만족스럽게 웃는 모나.

"Très bien(아주 좋아)."

우리는 품에 안겨 있던 레오가 입을 꼼지락대며 인상을 찌푸리는 것을 보고 급하게 다음 번 영상 통화 스케줄을 잡은 뒤 전화를 끊었다. 시끌벅적하던 집 안이 한순간에 조용해진다. 해는 중천. 방 안으로 따뜻한 햇볕이 드리워진다.

나는 부엌으로 가 찬장에서 목이 긴 와인 잔을 꺼낸다. 냉장고에 넣어둔 차가운 탄산수를 붓고, 제비꽃 설탕 절임을 감싸고 있는 바이올렛색의 리본을 푼다. 우아한 포장지 안에 든 이 울퉁불퉁한 별사탕은 케빈이 오스트리아 출장에서 돌아오는 길, 빈에서 유명한 카페 데멜에 들러 사다 준 것이다.

한 알을 퐁당 떨어뜨린다. 설탕 조각을 한 알 더 집어 와작와작 씹어 먹으며 잔의 기다란 목을 잡고, 커다란 거실 창 앞 책상으로 돌아온다. 푸슈슈. 하얀 기포가 올라오며 시원한 소리를 낸다.

케빈과 관계를 정리한 건 3주 전쯤이었다.

"이것 좀 받아줘."

떵동. 현관 벨 소리가 울려 나가 보니 엄마였다. 부한 민트색 곰돌이 코트를 입고는, 가죽 장갑을 낀 손에 들린 백포도주를 건넨다. 그와 헤어지기 며칠 전, 오후 10시 44분.

그날도 난 여지없이 집 안에서 한 발짝도 나가지 않은 채 노트북만 들여다보던 중이었다. 엄마는 신고 있던 어그 부츠를 발로 아장아장 벗으며 집 안으로 들어왔다.

"너 하고 있는 머리 핀 예쁘다. 진짜 다이아니?"

나는 손을 머리로 가져간다. 일자로 기다란 자개에 다이아가 주르륵 박혀 있는 심플한 머리 핀. 케빈이 지난 생일 때 선물해 준 것이었다.

나는 쿠키 몬스터 같은, 바깥의 차가운 기온이 묻어 있는 코트를 건네받아 옷걸이에 걸었다. 엄마가 식탁 의자에 가죽 장갑을 내려놓으며 뭘 하고 있었는지 물었다. 나는 어깨를 으쓱하며 책상 위 노트북을 향해 고개를 까딱했다.

"어떻게 꽃을 물속에서 죽게 할 수가 있어?"

나의 고갯짓을 따라 어깨너머로 엄마의 시선이 향했다. 노트북 옆, 꽃병에 놓인 연보라색 스토크. 그 또한 몇 주 전 케빈이 준 꽃이지만, 한 번도 갈아주지 않은 물은 이제 갈색을 띠고 있었다.

찬장에서 넓적하고 얕은 와인 잔을 꺼내 온 엄마가 능숙한 솜씨로 코르크 마개를 열었다. 일부러 살짝 뻗치게 드라이 한 단발의 오른쪽 머리가 흔들렸다.

"요즘 어떤가 해서. 연초 이후로 도통 들르질 않았잖니."

우리는 거실 소파에 나란히 앉아 백포도주를 홀짝였다. 은
빛 물고기들이 피아노 위에서 춤을 추는 듯, 아름답고 청초한
선율. 드뷔시의 〈꿈(Reverie)〉이 CD플레이어에서부터 차가운
가죽 소파 등받이를 타고 흐른다.

"그냥, 뭐."

와인 잔 입구의 넓은 끄트머리를 손가락으로 문지르며 내
가 대답했다.

"엄마가 걱정해야 할 거 있을까?"

나는 천장으로 시선을 보낸 채 잠시 생각한다. 걱정해야 하
는 거라.

"이번 남자친구는 잘 만나고 있는 것 같은데."

엄마가 무심한 듯 툭 던진 화두. 나는 천천히 고개를 끄덕
이며 허리를 죽 빼고 등을 기댄다. 숨을 한번 들이마신다.

"응, 착해. 하는 일도 나쁘지 않고,"

그리고 케빈과 만나고 있는 이유를 나열하기 시작한다. 어
떤 부분에서 내 마음을 정당화시키려는 것이었을까.

"출장이 잦아서 내 시간을 많이 가질 수 있고."

고개를 홱 돌리는 나.

"선물도 잘 해주고."

장난조로 덧붙인다.

그 말을 들은 엄마는 들고 있던 와인 잔으로 내가 하고 있던 자개 머리핀에 톡, 하고 건배를 했다. 어린아이 같은 순수한 표정으로.

나는 피식하고 웃으며 마지막으로 덧붙였다.

"착해."

다시 한번, 착하다는 것을 강조한다.

"내가 딱히 착한 사람을 만나본 적은 없거든."

리버가 착하지는 않았다. 나를 사랑했기에 내게 잘 대해주었던 것이지, 불량하고 차가운 것처럼 보이던 첫인상부터, 종종 누군가와 통화할 때 나오던 날카로운 눈빛. 초반의 나는 그의 앞에만 가면 연애 한 번 못 해 본 사춘기 소녀가 되는 것 같은 기분을 느끼던 것을 잊을 수 없다. 잘 보이고 싶어서, 그의 마음에 들고 싶어서.

나는 잠시 조용히 있다가 케빈에 대해 다시 말하기 시작했다.

"관계하는 것도 나쁘지 않아."

사실이다. 굳이 따지자면 좋은 편이었다. 리버와만큼은 아니지만.

"좀 말랐긴 하지만."

리버의 포근한 품. 단단한 어깨. 시원한 숨소리.

"내가 필요할 때면 옆에 있어 줘."

리버의 눈동자, 구불거리는 갈색 머리칼, 조금 높은 체온.

"나랑 함께 하고 싶어 하는 것도 많고."

불량한 무표정. 그러다 사람을 안심시키는 커다란 미소.

"걱정시키는 일이 없어."

아래에서 올려다볼 때 리버의 뒤에서 부서지던 남프랑스의 바람과 태양. 내 어깨를 감싸는 따뜻한 리버의 손. 셀 수 없이 함께 맞은 빗물과, 주고받은 말랑말랑한 눈빛, 우리가 토해낸 뜨겁고 축축한 사랑의 언어들.

거기까지 말하며 리버를 떠올리고 있을 때, 나는 스스로에게 지쳐 입을 닫았다. 사랑하는 데에 이토록 많은 이유가 필요할까. 나는 왜 자꾸 케빈을 리버와 비교하는 걸까.

그와 동시에, 한 가지 사실을 깨달았다. 처음부터 거기에 있어왔지만 나는 모른 척하고 싶어 했고, 그러려고 노력했지만 끝내 성공하지 못 한 단 한 가지 사실을. 계속해서 모든 순간에 지표가 되어 주던, 단 한 가지 사실을.

그건 아주 쉽고, 당연하고, 분명하고, 또 뻔한 사실이었다.

리버와의 추억을 잊고 살 수 있을 거라고 생각한 나 자신이 우스웠다. 다 잊고 잘 살고 있다 생각한 나 자신이 가여웠다. 기억 속 리버가 나를 비웃는 것 같았다. 건방지긴. 네가 날 잊을 수 있을 것 같아? 가슴이 답답했다. 산더미 같던 사랑은 결국 산사태 같은 그리움을 몰고 왔다.

그리고 슬프지만, 동시에 그 말은 반대로도 해석할 수 있었다. 이젠 그냥 인정할 때였다. 나는 단 한 번도, 케빈을 사랑한 적이 없다고.

"리버가 보고 싶어."

입 밖으로 터져 나온 나의 진심.

"리버라면……, 그 남프랑스에서 만난?"

고개를 돌리자 어떻게 대답해야 할지 말을 고르는 듯 보이는 엄마가 있었다. 나는 천천히 숨을 고르며 끄덕거렸다.

"걔가 아직도 그렇게 보고 싶니?"

천진난만한 얼굴로 그렇게 간단한 질문을 하며 와인 잔을 빙글빙글 돌리는 엄마. 나를 비판하려는 표정도, 그렇다고 걱정하는 표정도 아닌, 아무런 편견 없는 표정. 엄마는 비단 나여서가 아니라 결코 함부로 남을 재단하려 하지 않는다.

나는 고개도 끄덕이지 않았다. 그저 속상한 표정만을 지어 보였다.

"웬일이니, 수키. 귀엽다, 너."

돌리던 와인 잔을 기울여 한 모금 홀짝인다. 노란빛이 도는 투명한 백포도주가 입술에 닿았다가 떨어진다.

"음."

잠시 말을 고르는 엄마. 갈색 눈동자에 미소를 머금고 있다. 나는 다리를 껴안고 구부려 앉아 엄마가 앞으로 할 말을 잠자코 기다렸다.

"리버도 똑같이 널 그리워하고 있을 거야. 너와 나눈 건 다른 누구와도 대체될 수 없는 것이니까."

노래하듯, 부드러운 엄마의 목소리.

"헤어질 때는 왜 그렇게 용서받지 못할 일들만 일어나는 건지. 조그만 일에도 세상은 끝날 것 같고, 마음은 찢어지고. 그래서 그렇게 많이 울고 원망하고, 다 그래. 매번 그래. 그만 해야지, 멈춰야지, 하면서도 다 그렇게 실수해. 혀는 창보다 많은 상처를 준단다. 너만 그런 게 아니야. 네 잘못이라고 생각하지 마."

'말하는 사람의 태도는 듣는 사람의 반응으로 이루어진다.'

엄마가 오랜 시간에 걸쳐 우리 딸들에게 가르치신 것이다.

'그 상황에서 중요한 게 뭔지 항상 생각하렴. 조언이랍시고 잘난 척을 해야겠는 너의 오지랖인지, 아니면 그 이야기를 너에게 털어놓고 있는 친구의 슬픔인지'.

엄마는 그날도 나의 힘든 마음을 우선순위로 두고 그렇게 말했다.

"지금 리버가 어디서 어떻게 살고 있는지 너는 알 수 없다지만, 어쩌다 알게 되어 잘 살고 있는 듯이 보인다 하더라도, 실제로는 전혀 그렇지 않을 수도 있어. 그 아이도 너와 끝낸 걸 후회하고 있을지도 몰라. 미운 감정이라는 게, 그렇게 오래 안 간다? 사람들 눈엔 너도 잘 살고 있는 것처럼 보여, 수키. 속으로는 이렇게 가슴이 썩어 문드러지고 있다는 사실을, 너 말고 누가 또 알겠니? 지금 네 앞에 앉아 있는 나, 매일 밤 네가 우는 걸 지켜봤을 저 다 죽어가는 스토크, 그리고 지금 머리에 꽂고 있는 그 머리 핀."

머리 핀. 케빈이 준 머리 핀. 마찬가지로 케빈이 줬고, 내가 죽여버린 스토크. 하늘의 별과 달. 커다란 창 너머 별난 이웃들과 내 일기장.

"어쨌든."

엄마는 앞에 놓인 제비꽃 설탕 조림 하나를 집어 들며 "이거 이대로 먹는 거야?" 하고 물은 뒤 내가 그렇다고 고개를 끄덕이자 와드득 와드득 씹고는 다시 이어서 말했다.

"시간이 약이다."

시간이 약이다.

"너도 참 복잡하겠어."

우리는 잠시 아무 말도 하지 않았다. 어느새 비워져 있는 널찍하고 납작한 잔. 창문 너머로, 정원의 산책로 불빛들이 비쳐 보였다.

정적 끝에, 내가 입을 열고 물었다.

"꽃은 어디에서 죽어야 하는데?"

동시에 미소 짓는 엄마와 나. 퐁 퐁, 따뜻하고 은은한 노란 조명들이 창 위로 떠올랐다.

"그러네."

다음 날 저녁, 나는 케빈의 집 앞으로 찾아가 그에게 이별을 고했다.

4월, 봄이 왔다.

나는 부모님 집으로 다시 들어왔다. 르네와 함께 살기 시작해 혼자 지내던 롱시티의 집은 내게 과거만을 떠올리게 하는 듯하여 리스를 연장하지 않았다.

케빈과 헤어졌지만 모든 것이 괜찮았다. 어쩌면 이번에도 일을 홧김에 그르쳤다는 생각에 마음이 힘들지 않았다면 거짓말이겠지만, 오히려 후련한 기분에 잠도 잘 잤다. 깨끗한 양심만큼 부드러운 베개가 없었다. 마음 둘 곳을 잃어버리면 불행해질 줄 알았지만 오히려 다른 것들로 채워졌다. 책이나 음악, 일기나 엄마가 그린 그림. 새벽녘에 놓는 자수나 강아지의 부드러운 털 같은 것들로.

완연한 봄이 되자 센트럴 파크는 다시 정글처럼 커다랗고 튼튼한 초록 나뭇잎들로 사람들을 위로했고, 수목이 드리워진 호수 위로 따끈한 태양이 반사되는 것을 보트를 탄 봄날의 관광객들이 갈라놓았다.

누워서 천장을 바라본다.

이제는 더 이상 기억해 낼 기억들이 없다. 고갈되었어. 일어났던 일들을 곱씹고 또 곱씹고, 프랑스 그 따뜻한 남쪽 마을에서 일어난 우리 추억의 마지막 한 방울까지도 놓치지 않고 그 순간의 모든 것을 다시 되살리는 데에서 그리움이 달래지는 듯했는데, 이제는 어느새 무감각을 향해 달려가고 있었다.

"끝이 있는 병은 그나마 괜찮은 거래."

어느 저녁, 그림 레슨을 다녀온 엄마가 흥미로운 이야기 하나를 해 주셨다. 나는 부엌에서 두부조림을 만들고 있었다. 간장과 설탕, 참기름과 통깨, 다진 파와 마늘로 만든 양념장.

"어디 몸 하나 아프면 정말 힘들잖아. 다리가 부러졌다든지, 맹장이 터졌다든지. 그제야 아프지 않던 때를 감사하게 되고, 조심하지 않던 때를 후회하고, 하여간 불편하잖아."

"그렇지."

"그런데 그런 건 다 끝이 있는 병이라는 거지. 치료할 수 있는. 5주만 깁스를 하고 있으세요, 뼈가 붙을 겁니다. 수술실로 갑시다, 맹장을 제거하면 돼요."

물기를 뺀 두부를 팬에 굽고 양념장을 부었다. 치익. 지글거리는 소리가 한차례 커지더니 이내 잦아든다. 옆에 방석을 깔고 앉아 있던 아몬드가 허공에 대고 코를 킁킁댄다.

"정말 힘든 건 끝이 없는 병이래. 끝이 보이지 않는 병. 그 병을 끝내려면 단 한 가지 방법밖에는 없는 병."

나는 엄마의 말 뜻을 이해하기 시작했다.

"뭐든 끝낼 수 있는 건 축복이라는 거야."

병도, 아픔도, 슬픔도, 이 긴 긴 터널 같은 그리움과 미련도.

"이 또한 지나가리라."

엄마는 그렇게 말하며 호홍, 하고 웃고는, 조려지고 있던 두부를 한 조각 집어 방으로 들어가셨다.

이 또한, 지나가리라.

이 그리움은 끝이 있는 병일까, 끝이 없는 병일까.

나는 진심으로 행복했던 그와의 여름날이 다른 것들로 인해 퇴색되지 않도록 담담히 마음만을 뭉갠다. 매일 밤을 처량과 고독 사이에서, 봄이 된 세상 속 나는 혼자서만 아직도 겨울을 살고 있었다.

그렇게 8월이 되었다. 개구리와 귀뚜라미가 함께 우는 여름이 돌아왔고, 수채화에서 아크릴, 아크릴에서 유화로 넘어갔다는 엄마의 방문 앞을 지날 때면 테레빈유(turpentine oil) 냄새가 새어 나왔다.

눅눅한 공기들 틈으로 시원한 바람이 밀려 들어왔다. 비가 그친 하늘 위로 태양빛이 비추었다가, 이내 세차게 부는 바람에 다시 그늘이 되기를 반복했다. 내 오른 다리로 뜨끈한 아몬드의 체온이 느껴졌다. 따뜻하고, 부드럽고, 이 세상에 둘도 없을 우리 아몬드. 자바 나무가 흔들리는 소리에 방 안 온도가 조금 더 차갑게 느껴지는 듯했다.

아빠가 거실에서 내 방 쪽 화장실로 걸어가는 소리에 집중이 깨져 버렸다. 신발장에서 화장실로. 샤워기. 발 씻는 소리. 나무 블라인드가 창가에 부딪히며 탁한 소리를 내는 탓에 아몬드가 고개를 한번 들어 올렸다가 기지개를 쭈욱 켜고는 다시 몸에 힘을 빼고 눕는다. 혀를 날름거리는 소리가 기분 좋게 들려온다.

잠시 후, 친구들과 골프를 치러 갔던 엄마가 돌아왔다. 머리 맡에서 나른하고 따끈한 숨을 폴폴 풍기고 있던 아몬드가 멍, 하고 짖으며 현관 앞으로 뛰쳐나가 기쁨의 엉덩이춤을 췄다. 엄마는 옆으로 책을 넘기고 있는 나를 보며 "집에 있었니?" 하고는 안방으로 향했다. 나는 계속해서 책을 넘겼다. 힘없이.

엄마는 편한 옷으로 갈아입은 뒤 내 방에 다시 찾아와 굳이 옆을 비집고 누웠다. 나는 몸을 뒤집었다. 여전히 헤실대며 웃고 있던 아몬드도 엄마와 나 사이에 엉덩이를 들이밀었다.

"네 방의 저 자바 나무, 바람에 흔들리는 거 왜 이렇게 귀엽니."

그렇지 않아도 나도 아까 그런 생각을 했다고 대답했다. 우리는 그 짧은 대화를 마지막으로 눈을 감고 함께 낮잠에 빠졌다. 그리고 두어 시간쯤 지났을까. 눈을 뜨자 방 안에는 나 혼자였다. 저녁거리가 좀 있는지 부엌으로 향하고 있을 때, 내 발소리를 들은 엄마가 나를 방으로 불렀다.

"물감 짜는 거 구경 할래? 재밌어."

나는 그대로 상황버섯을 우린 물 한 잔을 들고, 방 안 커다란 침대 발치에 엉덩이를 기대고 앉았다. 방에는 엄마가 그린 그림들이 책상이나 의자, 나무 이젤 위로 마구 흩뿌려져 있었다. 내가 가장 마음에 들어 해 언젠가 낼 책에 삽화로 넣고 싶다고 말했던 꽃 그림도 여전히 그 자리 그대로 눕혀져 있었다. 자주색 꽃.

초롱초롱한 눈망울을 한 강아지가 내 발치에 와 꼬리를 흔들었다. 나는 그런 아몬드에게 "엄마 뭐 하는지 같이 보자." 하며 안아 들고, 함께 엄마가 물감 짜는 모습을 구경했다.

"물감 색 이름은 어쩜 이렇게 특이한지. 이것 봐, 번트 시에나(Burnt Sienna)."

엄마는 이미 노란색에서 황토색으로 넘어가고 있었다.

"옐로우 오커(Yellow Ochre), 카민 레드(Carmine Red), 어머, 이건 지금 엄마 손톱 색하고 똑같은 거 아니니? 레몬 옐로(Lemon Yellow), 퍼머넌트 옐로(Permanent Yellow). 평범한 화이트도 물감 이름이 되면 이렇게 예쁘네."

달그락거리는 소리를 내며 하나씩 들어 올려지는 물감들.

"프탈로시아닌 블루(Phthalocyanine Blue). 이거 봐, 되게 멋진 색이지. 그다음은……. 오, 브릴리언트 블루(Brilliant Blue). 다음 그림에는 꼭 이 색을 한번 써 봐야겠다."

책상 위에 놓인 넓은 타원형의 갓을 쓴 조명 때문인지, 여름날의 눅눅하고 분말 가루 같은 잔상을 남기는 공기 때문인지, 마치 꿈속에 와 있는 듯한 기분이었다. 여러 가지 색의 유화를 팔레트에 덜고 있는 엄마의 모습은 꿈결이었다.

주황빛의 탁한 조명, 아래에는 뽀얀 연둣빛의 아가베 아테누아타.

그다음 주에는 르네가 남자친구 에릭과 헤어져 집으로 돌아왔다. 별다른 설명은 하지 않았다. 그저 다시 예전처럼, 온 식구가 한 집에 모여 살며 함께 저녁 먹는 날이 잦아졌을 뿐이었다. 하지만 어느 때보다 턱 아래를 문지르던 괄사를 좀 과하게 오래 하는가 싶었는데 생전 하지도 않던 반신욕을 시작하더니, 하다못해 좋아하던 콜라까지 끊는 것을 보고 우리 모두는 알아차렸다. 르네도 힘들어하고 있다는 것을.

부엌으로 물을 뜨러 갔다 내 방으로 돌아오는 길, 르네에게 잠시 들러 말을 걸었다. 방에 들어가자마자 하얀 캐비닛 위, 파란 캔버스가 시선을 사로잡았다.

"이게 뭐야?"

"엄마가 갑자기 가지고 와서는 여기에 두고 갔어."

맑고 강렬한 파란색으로 칠해진 캔버스였다. 브릴리언트 블루. 지난번에 물감을 짜던 엄마가 써보겠다고 했던 색이었다. 온통 하얀색 가구뿐이라 그랬는지, 다른 어떤 것보다도 더 눈에 띄었다.

"근데 그래 놓고 엄마가 뭐라고 했는지 알아?"

르네의 질문에 내가 눈썹을 들어 올리자, 르네는 엄마의 말투를 흉내 냈다.

"만지지 마! 말리고 있는 중이니까 절대 만지지 마!"

우리는 한참을 깔깔대며 웃었다. 그 맑고 깊은 파란 캔버스 앞에서, 온종일 머릿속을 떠나지 않는 그의 푸른 눈동자와 함께.

10

"도망친 곳에 낙원은 없었다."

다시 또, 뉴욕의 가을. 나는 잔디밭에 누워 눈을 감는다. 시원한 바람, 부드럽고 간지러운 초록 풀들의 움직임. 폭신하다. 9월 중순의 센트럴 파크, 쉽 메도우.

"근데, 있잖아."

들려오는 건 모나의 목소리. 작년 겨울에 내가 출간한 책을 읽고 있다.

"여기가 낙원이 아니면 뭐냔 말이야."

하늘을 바라보며 팔베개를 하고 있던 필립 역시, 매트 위에서 몸을 데굴데굴 굴려 우리 쪽으로 다가온다. 구불대는 옅은 갈색 머리카락, 같은 색의 구레나룻과 콧수염.

"인용문이야, 인용문. 미우라 켄타로의 만화 〈베르세르크 (Berserk)〉에 나오는 말이지."

필립은 그렇게 말하는 나를 향해 입을 헤 벌리며 미소 지었다. 그게 뭐든 크게 상관없는 듯하다. 눈썹을 위로 높게 올리며 크게 들이 마셨다가, 내쉬는 숨에 다시 하늘을 보고 눕는다. 육아 휴직을 내고 뉴욕으로 날아온 연애 11년 차, 결혼 2년 차 신혼부부.

"좋다, 수키. 좋아."

팔을 크게 뻗고 하늘을 힘껏 끌어안는 필립은, 지금 소가 밟고 지나간다고 해도 좋을 것처럼 보였다.

작년 겨울, 나는 탈고에 성공했다. 엑상프로방스에서 쓴 에세이. 이리저리 사랑과 기억에 치여 오래 걸렸지만, 연초에 깔끔하게 정리한 케빈을 마지막으로 마음을 다잡은 뒤 집필에만 전념했다. 특별히 만나는 사람도 없었다. 책에는 같은 해 여름에 엄마가 수채화로 그린 자주색 꽃을 삽화로 넣었다.

모나와 필립의 아들 레오는 벌써 19개월이 되었고, 단순한 단어들만 외치던 때가 어제 같은데 이제 단어와 동사를 합쳐 두 어절을 말하는 단계가 되었다고 했다. 노래도 따라 부르고, 특히 뛰어다니는 것을 좋아하는 통에 온 집안에 웃음이 끊이질 않는다고 했다. 케이티가 레오를 돌봐주겠다고 하여, 두 사람은 이렇게 2주간의 휴가를 올 수 있었다.

도심 속 어딘가, 멀리서 사이렌 소리가 어지럽게 울려 퍼졌다. 뉴욕이니까. 이 거대한 풀밭에 누워 바라본 하늘은 높고, 네모난 고층 빌딩의 모양대로 조각나 있다. 사계절 중 유난히 더 높고, 깨끗한 느낌을 주는 푸르고 청명한 하늘.

바람이 불어왔다. 한낮의 햇빛에 따끈하게 덥혀지긴 했지만 이제 슬슬 가을을 준비하는 듯, 속은 쌀쌀한 바람. 나는 몸을 일으킨다.

"해 지기 전에 밥 먹으러 가자. 감기 걸리겠다."

새로 생긴 딤섬 가게를 찾아 예약해 두었다. 부스스한 머리를 한 모나가 함께 자리를 정리한다.

"필립, 어서 일어나."

플라스틱 물병을 지팡이 삼아 몸을 일으킨 필립의 등과 엉덩이에는, 촉촉한 잔디에 젖은 동그란 자국이 나 있다.

우리는 금세 센트럴 파크에서 그리 멀지 않은 55번가 렉싱턴 에비뉴로 내려왔다. 중식당 후통 뉴욕. 투명한 유리문을 열고 안으로 들어가면, 유리로 만들어진 와인셀러에 주르륵 눕혀져 있는 값비싼 와인들이 장엄하게 입구를 지키고 있다. 복도 맨 끝에는 네모난 화병에 하얀 목련이 놓여 있다. 좀 어두운 듯하지만 거울로 인테리어를 해 둔 천장 덕분인지 전체적으로 고풍스러운 느낌을 준다. 예약자 이름을 말하자, 흰색 와이셔츠를 입은 직원이 우리를 안내했다. 벽면이 검은색 벨벳으로 되어 있는 네모난 좌석으로.

"여기."

먼저 와 있던 르네가 손을 들어 우릴 반겼다.

"어디 보자."

하얀 치아를 우아하게 자랑하며 르네에게 다가가는 모나. 가벼운 포옹과 볼 키스를 하고 떨어진다.

"인사 올리겠습니다, 마마."

다음으로는 말도 안 되는 영국식 발음을 흉내 내는 필립 차
례다. 둘은 몇 번이고 서로에게 절을 하는 시늉을 하곤 자리
에 앉았다.

테이블마다 놓인 납작한 초와 엉덩이가 동그란 물잔, 베이
직한 와인 잔. 검은색 가죽 소파와 곳곳에 놓인 거울들, 그리
고 금빛 조명. 우리는 이곳에서 유명하다는 베이징 덕과 탄탄
면, 그리고 딤섬을 종류별로 시켰다.

"굉장하다, 수키."

밀전병 위에 길게 썬 오이와 대파, 그리고 베이징 덕을 함
께 올린 뒤, 돌돌 말아 한입에 가득 넣어 먹는 나를 보며 필립
이 말했다. 감탄하는 눈빛으로. 그리곤 곧바로 서툰 젓가락질
을 이용하여 나를 따라 했다.

"도망친 곳에 낙원 있다니까, 수키."

이번에는 분홍색의, 따끈하고 말랑한 조개 모양 딤섬을 입
안에서 우물대는 모나. 음식은 모두들 입에 맞는 듯했다. 나
는 뿌듯함을 느낀다.

"다음에 부모님 모시고 한 번 더 오자, 언니."

전체적으로 모두를 만족시킨 평화로운 만찬이었다.

"맞다, 할 말 있어."

탄탄면의 빨간 국물을 두꺼운 스푼으로 떠먹다 만 필립이
뭔가 생각난 듯 입을 열었을 때만 해도.

"우리 돌아가기 전날, 그러니까…… 그래, 다음 주 목요일.
그날 뭐해? 저녁 괜찮아?"

그렇게 아주 평범한 질문을 아무렇지 않게 했을 때만 해도.

"어머, 우리 그때까지 매일 저녁 같이 먹는 거 아니었어?"

그래서 내가 아무렇지 않게 장난으로 맞받아쳤을 때에도.

"매일 이런 거 먹는다고 하면 저도 같이 갈래요."

르네 역시 진지한 얼굴로 끼어들었을 때에도.

"리버도 같이."

하지만 여기서는 살짝 멈칫. 잠깐, 뭐?

살짝 동요한 듯한 기분이 들었다. 아니, 확실히 동요했다.
굉장히 오랜만에 들어보는 이름. 아주 간단하지만, 내 손끝에
순간적으로 땀을 쥐게 만들기에 충분한 이름.

"지금 뉴욕에 있어?"

너무 빠르게 반응하고 만다.

"언제부터?"

나는 건너편에 앉은 모나를 쳐다보며 물었다. 모나는 이 상
황이 재미있다는 듯, 흥미로운 얼굴을 하곤 테이블에 양 팔꿈
치를 올리고 있었다. 팔뚝이 시원하게 드러나는 검은색 민소
매 원피스에, 열 손가락으로 잡고 있는 황금빛 맥주와 정갈
한 손톱.

"결혼식에 못 온 거 미안하다고 연락이 와서 필립하고 계
속 소식 주고받고 있었어. 그러다 올가을에 우리 육아 휴직

내고 뉴욕으로 간다고, 와서 수키 만날 거라고도 말했는데 마침 리버도 뉴욕에 있었대. 마지막 날 저녁 먹기로 했어."

군더더기 없이 깔끔한 정리다.

나는 고개를 끄덕인다. 휴가차 들른 것일까, 아예 돌아온 것일까. 앞에 놓인 맥주를 한 모금 들이켠다. 황금빛의 시원한 맛.

"넷이 같이 저녁 먹을까? 옛날처럼."

손바닥을 위로 향하게 들어 올리며 가볍게 묻는 필립. 모나 역시 입가에 미소를 띄운 채, 열정적이고 뜨거운 눈빛을 보내고 있다. 저 눈빛은 전에도 한 번 본 적이 있는 것 같은데. 아마도, 잭과 나를 엮으려고 할 때?

"되지."

나는 숨길 수 없는 떨떠름한 표정으로 어쩔 수 없는 대답을 한다. 되나? 정말 넷이 함께 저녁을 먹어도 되는 건가? 옛날처럼? 옆에 앉은 르네를 향해 고개를 돌렸다. 이럴 때는 꼭 아무 말도 없다, 요 못된 계집애는.

"아마도."

나는 급하게 다시 덧붙였다. 지금 당장은 아무런 생각도 하지 않기로 하며.

"잘됐다!"

필립이 외쳤다.

"나 잠시 화장실 좀 다녀올게, 그럼."

몸매가 드러나는 핏의 세련된 원피스를 입은 모나가 무릎에 올려 둔 냅킨을 내려놓으며 잠시 자리를 비운다. 구릿빛의 매끈한 피부와 체형. 일 년 전에 아이를 출산한 엄마의 몸이라고는 믿을 수 없는 건강한 내 친구 모나.

나는 멀찍이 내려놓았던 맥주잔으로 팔을 길게 뻗어 다시 가져온다. 리버를 다시 만나기가 이렇게 쉬웠다니. 어딘가 벙벙했다. 지금 내게 무슨 일이 일어나고 있는 건지 알아차릴 새도 없이 빠르게 지나간 결정이었다.

나는 다시 옆으로 고개를 돌렸고, 내 옆에는 여전히 아무 말도 하지 않은 채 잠자코 딤섬만 해치우고 있는 르네가 있었다.

"뭐."

"아니야."

콧방귀를 뀐다.

나는 팔짱을 낀 채 소파에 등을 기대고 앉아, 잔에 남은 맥주를 한입에 털어 넣었다.

식사를 마친 뒤, 자바 나무와 천리향이 있는 집으로 돌아왔다. 화장을 지우고, 샤워를 하고, 파자마로 갈아입은 뒤 침대에 누웠다.

즐거운 저녁이었다. 사랑하는 친구들과 함께한, 그 자체로도 매 순간이 의미 있는 저녁.

"아무래도."

사거리 큰 길가. 레스토랑에서 나와 기분 좋게 쌀쌀한 저녁 공기를 코로 들이쉬며 내가 운을 떼었다.

"별로 안 좋은 생각 같아."

양 볼에 닿는 신호등의 그림자. 바람에 기분 좋게 날리는 기다란 생머리.

"난 지금이 좋아."

필립과 모나는 단박에 내가 하는 말의 뜻을 알아차리고는 더 이상 묻지 않았다.

"아아, 걱정 마."

"어디까지나 우리 아이디어였으니까."

"그럼, 우리는 모레에 다시 보는 거지?"

주말에는 에디와 그레이스, 소라고둥 로라와 함께 루프탑에서 재회할 것이다. 보라보라 리유니언.

"응."

다음 주에는 또 다른 레스토랑에 데려가 맛있는 음식이 주는 행복감을 맛보게 할 것이고.

"안녕히 가세요."

"르네도 주말에 올 거지?"

"그건 좀."

그렇게 2주가 지나면 이들은 돌아갈 것이다. 내게 처음 사랑을 안겨 줬던 도시로, 내가 사랑을 두고 온 도시로.

"너희가 와서 너무 좋다."

내가 싱긋 웃으며 그렇게 말했다. 사이렌 소리로 정신없는 맨해튼의 노란 신호등 아래에서.

필립이 이마에 주름을 만들며 서글한 미소를 지은 건, 가벼운 포옹과 볼 키스를 주고 받은 다음이었다.

"도망친 곳에 낙원은?"

"어휴, 알았어, 알았어. 있어, 낙원."

늘 그랬듯, 다정하게 헤어지는 프랑스 부부와 우리. 나는 트렌치코트의 앞부분을 여몄다. 켜켜이 쌓인 반듯한 건물들 아래로 쭉 뻗은 직선 도로. 자로 잰 듯, 온통 네모 반듯한 세상 속 바쁘게 지나가는 사람들의 모습이 보였다.

침대에 누운 나는 숨을 들이쉰다. 잘했어, 잘한 거야. 다시금 마음을 다잡는다. 리버는 이미 5년 전의 사람이다. 5년. 내게는 유난히 길었다. 리버라고 다를 리 없을 것이다. 서로에게 서로가 없던 시간은, 돌이키려고 해도 그럴 수가 없다. 정적으로 흐드러져 있는 방 안 자바 나무로 눈을 돌린다. 원망스러운 표정으로, 그 풍성한 나무를 바라본다.

끝을 모르고 자라나는 영원히 젊은 고통. 왜 내 마음속은 아프기만 할까. 아프지 않으려고 했을 뿐인데.

등을 돌려 눕고, 그대로 눈을 감는다.

그로부터 정확히 일주일하고 3일 뒤인 목요일, 모나와 필립이 뉴욕에 있는 마지막 날이 되었다. 나는 아기자기한 오픈 스트리트의 그리니치 빌리지에 앉아 책을 읽고 있었다.

한낮의 오후. 머리 바로 위에서 흔들리고 있는 나뭇잎과 가로수 옆, 빨간 철제 야외 테이블. 재작년, 르네에게 엑상프로방스로 함께 가달라는 말을 꺼냈던 바로 그곳, 부벳이다. 빨갛고 파란 글씨로 쓰인 아기자기한 메뉴판부터, 켜켜이 쌓아둔 동그랗고 조그마한 접시들까지. 모두 정겨운 파리를 떠올리게 하는 카페.

오늘이다. 우리들의 사랑스러운 프랑스 부부 모나와 필립이 리버를 만나는 저녁이.

테이블 위로 초록 잎사귀들과 햇빛이 반사되는 통에 한 글자도 제대로 볼 수가 없었다. 나는 읽던 책을 덮고 부드러운 브리오슈 프렌치토스트 하나를 말끔히 해치운 뒤, 시나몬 향이 나는 카페라테를 들이킨다. 옆 테이블에서 주문한 크로크 마담의 고소한 냄새가 시원한 바람을 타고 넘어온다. 10월의 나무는 아직 싱그러운 초록색.

모나와 필립이 뉴욕에서 휴가를 즐기는 2주 동안은 매일매일 무얼 했는지 확실하게 기억해 낼 수 있을 정도로 분명하게 흘러갔다. 주말에는 계획대로 보라보라 리유니언이 있었고, 우리는 활기찬 다운타운에서 만났다. 지금 이곳보다 조금 더 위쪽, 첼시 미트 패킹 디스트릭트에 위치한 루프 탑. 모던한 인테리어에 럭셔리한 샹들리에로 최근 뉴요커 사이에서 가장 인기 있는 레스토랑이었다. 낮 시간에 만난 우리는 브런치에 미모사를 마셨다. 에디와 그레이스, 로라, 모나와 나. 필립은 혼자만의 시간을 보내다가 끝날 때쯤 모나를 데리러 와서 인사를 나눴다. 특유의 살갑고 재치 있는 제스처로. 다음 날은 라쿠에 데려가 해장을 했고, 그곳은 뉴욕에서 가장 맛있는 우동집이라고 자신할 수 있는 곳이었다.

9월 말, 청명하고 아름다운 뉴욕의 가을. 신선한 빵과 나무, 과일, 채소. 테이블 위를 흐르는 새로운 추억과 이야기들.

그리고 어제 저녁, 토미 재즈.

으슥한 건물 지하의 두꺼운 철문 앞에서, 발랄하게 머리를 틀어 올린 채 입고 있는 새틴 오버올의 주머니에 양손을 찔러 넣은 르네가 모나와 필립을 차례로 바라보며 물었다.

"2주가 이렇게 빨리 지나갔다는 게 믿겨지나요?"

차례로 대답하는 모나와 필립.

"믿겨지지 않아."

"믿고 싶지도 않고."

두 사람은 벽에 기대어 서로의 어깨에 팔을 두르고 있었다.

"하고 싶던 건 다 하고 가는 것 같아?"

내가 묻자, "최고의 가이드를 만난 덕분에." 하고 동시에 입을 모아 대답하는 둘. 움직일 때마다 신고 있는 구두에 시멘트 바닥의 모래와 자갈이 밟히는 소리가 기분 좋게 들렸다.

"사실 우리 아가 볼 생각에 조금 울컥하기도 해."

"맞아. 난 사실 지난주부터 심각하게 보고 싶긴 했어."

모나의 어깨를 감싸고 볼에 키스하는 필립.

"다음 네 분."

얼마 지나지 않아, 두꺼운 철문을 열고 나온 일본인 종업원의 친절하고 높은 목소리가 들렸다. 그는 우리를 라이브 세션 바로 앞의 커다란 테이블로 안내했고, 나는 내가 가장 좋아하는 이곳의 오므라이스와 크로켓을 주문했다.

추억이 많은 곳에 다시 와 있다고 해서 딱히 힘들진 않았다. 그렇게 치면 내겐 이 도시 곳곳이 추억의 장소였다. 화장실에 다녀오는 길에는 리버와 제일 처음 앉았던 벽면 자리에 다른 커플이 등을 기대어 앉아 있는 것을 보고도 귀엽다는 생각만을 했을 뿐이다. 시간은 흘렀고, 나는 간신히 탈출했다. 사랑에서.

정말 그게 다라고 생각했다.

빼곡하게 놓인 무수히 많은 술병들. 천장에 매달려 있는 말린 꽃과 와인 잔들. 기름 초가 뿜어내는 밝은 빛과, 그 빛이 유리잔 여기저기에 묻어 풍겨 대는 신비로운 분위기.

정말 그게 다인 줄 알았다.

찻잔과 포크가 부딪히는 소리에 나는 고개를 다시 앞으로 가지고 온다. 빨간 철제 의자의 등받이에 걸어 둔 작은 핸드백에서 휴대폰을 꺼내자 르네에게서 전화가 와 있었다.

"응, 왜?"

"언니, 어디야?"

"부벳."

"혼자?"

"응."

두꺼운 머그잔을 입으로 가져다 대며 르네의 한숨 섞인 목소리를 듣는다.

"언니가 내 지갑 가져갔어?"

나는 콧방귀를 뀐다.

"내가 왜?"

"혹시나 해서."

"설마 너 지갑 잃어버렸다는 거니, 지금?"

르네의 목소리는 금방이라도 울음을 터뜨릴 듯했다.

"어제 토미 재즈에 두고 왔나?"

어제 르네가 지갑을 꺼낼 일은 없었다.

"언니 지금 부벳이라고?"

"으휴, 못 살아."

그렇게 우리는 한 시간 뒤 토미 재즈 앞에서 만나기로 했다.

간발의 차이로 먼저 도착한 나는 기다란 회색 길바닥에 우두커니 서서, 건너편 오래된 건물의 비상계단을 바라봤다. 그러다 손목에 차고 있던 시계를 들어 올려 시간을 확인한다. 지금쯤이면 모나와 필립은 리버를 만났을까. 이 도시 어딘가에서 나를 뺀 그들이 함께 식사를 하고 있을 거란 생각을 하자 기분이 조금, 뭐랄까, 모르겠다. 시끄러운 사이렌 소리와 서로에게 울려 대는 경적 소리. 하늘은 보랏빛으로 물들고 있다. 하늘 위를 떠다니는 통통한 구름들과 땅속에서 올라오는 뿌연 연기를 한참 동안이나 바라보며 마음을 가라 앉혔다.

정말 그럴 생각이었다.

정말 그럴 수 있다고 생각했다.

화장실에 다녀오며 이 작은 낙서를 발견하기 전까지는, 정말 그렇게 하는 게 맞다고 생각했다.

허겁지겁 르네가 도착하자마자 우리는 지하로 내려갔다. 어쩌다 한 번씩 문을 열고 나오는 상냥한 일본인 종업원에게 잃어버린 지갑에 대해 설명했고, 그러자 그녀는 고개를 갸웃거리며 안으로 들여보내주었다. 우리를 안으로 안내해 준 상냥한 종업원은 바 안쪽에 있던 또 다른 친절한 종업원에게 상황을 전달했고, 바 안쪽에 있던 친절한 종업원은 어제 우리 테이블을 맡았던 흰색 와이셔츠를 입은 종업원에게 상황을 전달했다. 모든 것은 빠르고 정확하게 진행되었다. 나는 발을 동동 구르고 있는 르네에게 진정하라며 어깨에 손을 올리고는 잠시 화장실에 다녀오겠다 말했다. 안쪽 벽을 돌아 화장실을 찾았고, 볼일을 다 봤고, 손을 씻었고, 이제 다시, 여전히 발을 동동 구르고 있을 르네에게로 돌아가려고 했다.

그 순간이었다. 내 고개가, 두 눈이, 온 정신이 한 곳에서 멈췄다.

Miss you, mon paradis(보고 싶어, 나의 낙원).

코너에 가려진 좁다란 통로 벽면. 이곳은 리버와 내가 자리를 옮기기 전에 앉았던 곳.

― 옛 연인을 그리워하는 편지나 시가 쓰여 있을 것만 같지. 골목 으슥한 곳에 있는 지하 재즈 바.

그 벽에 그렇게 낙서를 할 생각을 하는 사람은 아무도 없었다. 장식을 위해 오래된 포스터나 무심한 듯 찢어 붙인 잡지는 있었어도, 글씨가 적힌 것은 본 적이 없었다. 그래서 더 눈에 띄었다.

리버의 부드러운 목소리가 몰려온다.

― 여기는 VIP를 위한 아늑한 자리 같은데? 아무도 보는 사람이 없잖아. 벽에다 몰래 낙서를 할 수도 있고, 아무도 우릴 신경 쓰지 않아서 마음껏 키스하기에도 좋고 말이야.

우리는 입술에 가벼운 키스를 하고 코끝을 맞댔다. 사랑하는 두 마리의 새들처럼.

― 치, 벽에 낙서를 어떻게 해?

괜히 투덜대던 나.

― 펜 있어, 수키?

고개를 젓던 나와, 장난스레 올라간 그의 팔을 잡아 내리는 동안에도 더욱더 가까워지기만 할 뿐이던 우리의 몸.

— 벽에 낙서는 금지.

손가락을 코앞까지 들이밀며 경고하던 나.

— 알겠어, 알겠어.

두 손을 위로 들어 보이며 항복하던 리버.

멍한 채 카운터 쪽으로 터덜터덜 걸음을 옮기자, 셔츠를 입은 종업원이 르네에게 조그마한 지갑을 건네주고 있는 모습이 보였다. 안심한 르네가 아랫입술을 경쾌하게 문 채 가까워지는 나를 향해 고개를 돌린다.

"뭐야, 왜 그래?"

내 상태를 발견하곤 놀라 눈을 동그랗게 뜬다. 나는 금방이라도 눈물이 흐를 것 같음을 느낀다.

"내가 못살아, 정말."

르네는 그렇게 중얼거리며 내 손을 잡고 황급히 밖으로 뛰쳐나와 등 뒤를 힘차게 떠밀었다.

그 뒤로는 어떻게 된 건지 모르겠다.

급박하게 사람들을 헤쳐 지나가며 휴대폰에서 모나의 전화번호만을 찾았다. 연결음이 서너 번 정도 울렸을까, 북적이는 소리를 뒤로하고 모나의 반가운 목소리가 들렸다.

"어머, 수키! 무슨 일이야?"

나는 다짜고짜 위치를 물었고, 모나는 살짝 당황한 듯했지만 곧바로 알려 주었다. 센트럴 파크 베데스다 분수대 앞. 나는 큰 길로 나와 눈앞에 보이는 노란 택시를 아무거나 잡아탔다.

"센트럴 파크로 가주세요. 72번가요."

막히는 숨에 택시가 출발하자마자 창문을 내렸다. 내가 지금 뭘 하고 있는 거지? 어지러웠다. 어지럽고 혼란스러웠다. 손가락 마디마디로 심장 박동이 느껴지는 통에 모든 관절이 저릿할 정도였다. 공격적으로 울려 대는 차들의 경적 소리를 들으며, 삐뚤빼뚤 쓰여 있던 낙서를 다시 떠올린다.

Miss you, mon paradis.

리버가 쓴 게 분명했다. 이 넓은 뉴욕에서, 이 수많은 사람들 중에서, 그런 메시지를 남길 사람은 리버밖에 없었다. 언제 쓴 것일까. 우리가 헤어진 직후인 4년 전 겨울에? 아니면 헤어지고 1년 후? 어쩌면 그것보다는 시간이 조금 지난 작년 언젠가에?

심장이 쿵쾅댔다. 불확실한 것에서 오는 강한 끌림이 느껴졌다. 오랜만이었다. 잘 살고 있었는데. 더 이상 그렇게 휘몰아칠 일 없다는 사실에 안도하고 있었는데. 갑자기 웃음이 새어 나왔다. 이런 나를 보며 놀리는 리버가 머릿속에 떠올랐다. 바보 같기는. 아무렴 상관없다. 그 낙서를 발견한 순간부터 내게 더 이상의 부연 설명은 필요 없었다. 보고 싶어. 그건 이러나 저러나 내게는 좋은 뜻이었다.

리버가 그 벽에 그렇게 적었을 순간을 나 혼자 상상해 본다. 우리가 뉴욕에 돌아오자마자 찾았던 바에 다시 가, 추억이 잔뜩 묻은 그 자리에 앉고, 내가 그렇게 하지 말라고 했던 짓을 하며 혼자 몰래 키득댔을 리버의 모습. 내가 다시 와서 이것을 발견할 수 있을지 없을지도 모르지만 일단 무작정 쓰고 봤을 리버. 그 중에서도, 무슨 말을 쓰면 좋을지 고민했을 리버. 모든 걸 결정하고 난 뒤에도 정말 이렇게 써도 되나, 하고 마지막으로 고심했을 펜과 벽이 맞닿기 직전의 그 순간. 아니다, 그 순간은 없었을 수도 있겠다. 리버라면 한번 결정한 일을 망설이지 않았을 테니까.

그렇게 멋대로 생각하자 걷잡을 수 없이 그가 더 보고 싶어졌다. 내 눈으로 직접 확인하고 싶었다. 너도 나와 그렇게 끝난 뒤 많이 힘들었냐고, 후회했냐고, 돌이키고 싶었냐고, 어디서부터 잘못된 건지 거슬러 올라가 보았냐고, 매일 밤을 눈물로 지새웠냐고, 밥도 안 먹고, 웃는 법도 까먹고, 아무도 만나지 않고, 그러다, 잘 지냈느냐고.

— 손가락 걸고 약속 하나 해, 우리.

곧게 뻗은 그의 새끼손가락.

— 무슨 일이 있어도 도망치지 말기로.

여전히 깊고 맑던 그의 눈동자.

— 무슨 일이 있어도 서로를 놓지 않기로.

무슨 일이 있어도, 무슨 일이 없어도.

와 버렸다.

어퍼 이스트 72번가, 센트럴 파크 산책길의 시작점 앞. 진한 노란색의 신호등 아래에서, 커다랗고 높은 나무들을 올려다본다.

오기는 왔는데, 막상 공원으로 들어가려고 하자 발이 안 떨어졌다. 작은 손거울을 꺼내 머리와 립스틱의 상태를 점검하고, 숨을 한번 고르고, 입고 있는 붉은색 새틴 원피스의 매끄럽고 차가운 감촉을 손끝으로 확인한다.

그렇게 아주 천천히 한 걸음 한 걸음.

왼쪽으로는 공원 안 드라이브 웨이를 두고 오른쪽 뺨으로는 나무와 잔디로부터 전해지는 촉촉한 공기를 듬뿍 느낀다.

그렇게 5분쯤 걸었을까, 빼꼼히, 분수대 위로 세워진 물의 천사 베데스다 청동 상이 보이기 시작했다. 이제 이 테라스의 계단만 내려가면 친구들이 있을 것이다. 그리고 리버가, 내가 그토록 기다리던 리버가.

마지막으로, 어깨가 다 들썩일 정도로 큰 심호흡을 한다.

그때였다.

"수키."

목소리는 내 등 뒤에서 들려왔다. 온몸이 굳고 혈관이 얼어붙는 줄 알았다. 내가 그토록 기다리던, 그토록 꿈에 그리던 목소리로 나직하게 불리는 내 이름. 다시 한번 더.

"수키."

아주 단순하리만치 심장을 요동치게 만드는 리버의 목소리. 나는 이 하나만을 얼마나 기다렸던가.

뒤를 돈다. 뒤를 돌아 그 시릴 만큼 푸른 눈동자를 마주한다. 나를 이렇게 불가항력으로 끌어당기는 사람이 또 있을까.

"오랜만이네."

한참을 말없이 빤히 바라보던 그의 입에서, 멈출 줄 모르고 계속해서 말이 새어 나온다.

"어떻게 지냈어?"

비현실적으로 그때와 똑같은 모습을 하고 있는 리버. 지금 내 심장 소리가 리버에게도 들릴까. 머릿속을 떠다니는 그 모든 질문들에 대한 대답이 아무 말 없이도 전해졌을까.

나는 간신히 숨을 참고 입을 연다. 그토록 하고 싶던 말, 가슴속에 꾹꾹 눌러 담아 온 말. 매일 일기장을 채워 온 아주 짧고 간단한 말. 흐르는 강물 앞을 지나며 쉴 새 없이 중얼거린 말. 가슴으로 느꼈고, 두 눈으로 보았고, 내 귀로 다시 듣고 싶은 그 말. 나는 아주 잠깐, 그렇게 말하면 후회할까 싶지만, 아랑곳하지 않고 입 밖으로 내뱉는다.

"보고 싶었어, 나도."

11

"다음엔 레오도 같이 뉴욕에 와. 이모가 젤리 열 개, 아니, 백 개 사 줄게."

"백 개! 우와, 너무 기쁘겠다, 레오."

첼시에 올 때마다 가는 카페에서 작업을 하고 있던 중에 걸려 온 영상 통화. 내가 영어 단어 하나하나를 천천히 말하면, 옆에서 모나가 그 느낌 그대로 프랑스어로 번역해서 레오에게 전해 준다. 이탈리안 레스토랑 마레아에서의 저녁을 마지막으로, 다음 날 오전 비행기를 타고 그들의 보금자리 엑상프로방스로 돌아간 이들.

"어디야, 밖인가 보네? 안 추워, 수키?"

10월 중순. 이제 제법 세게 불어 대기 시작한 바람 탓에 바깥 자리에는 오래 앉아 있을 수 없을 정도가 되었다. 곳곳이 흰색 유령들과 거미줄, 해골과 호박으로 장식된 가을 뉴욕.

"아직은. 조금 있다가 들어가려고."

나는 고개를 이리저리 움직여 휴대폰 속 주변을 둘러보며 대답했다. 화면 너머로, 눈이 반쯤 감긴 레오의 모습이 보인다.

"졸리지? 이제 수키 이모한테 안녕히 주무세요, 하고 자자."

"Je t'aime(사랑해), 수키."

잘 시간이 된 레오는 필립의 품에 안겨 오동통한 손을 흔드는 것으로 마지막 인사를 했다. 필립의 서글서글한 눈매가 휘어지며 짧은 윙크가 날아온다. 모나와 나는 곧 다시 통화를 하자는 끝인사를 나누고 전화를 끊었다.

다시 노트북 자판 위로 손을 뻗는 나. 새카만 커피 위로 구름이 지나간다. 저 멀리, 나를 향해 다가오는 그가 보인다.

혼자 차를 마시며 책을 읽고 있을 때면 항상 데리러 와 내 것과 똑같은 차를 시키던 그 사람이. 잔이 거의 비워질 즈음에 맞춰 책을 덮으면 말없이 미소를 지으며 일어나 내 등을 감싸던 그 사람이. 저녁을 먹고 집에 들어가기 전이면 꼭 허드슨강 쪽 부두까지 손을 잡고 걷고 싶어 하던 그 사람이.

오직 신만이 미래를 안다.

늘 그렇듯 운명이 우리를 지배한다.

손등 위로 나뭇잎 그림자가 흔들흔들. 우리는 여전한 하루를 보낸다.

브릴리언트 블루

초판 1쇄 발행 | 2024년 6월 12일

지은이 | 함지성
펴낸이 | 이정헌
편집 | 이정헌
교정 | 허유진
디자인 | DNDD
인쇄 | 공간코퍼레이션

펴낸곳 | 도서출판 잔
출판등록 | 2017년 3월 22일 · 제409-251002017000113호
주소 | 경기도 김포시 김포한강3로 432 502호
팩스 | 070-7611-2413
전자우편 | zhanpublishing@gmail.com
웹사이트 | www.zhanpublishing.com

표지 그림 ⓒ 이고은

ISBN 979-11-90234-25-2 03810